メディアワークス文庫

雪蟷螂（ゆきかまきり） 完全版

紅玉いづき

目　次

プロローグ　白い絶望

その地では、絶望は白い色をしている。

天より降るものは雪ではなかった。ガラス片よりこまやかな雪氷の嵐だった。地へと落ちるばかりでなく、強い風にあおられて、時に地から天へと吹き上がる。

その土地を、アルスバント山脈の中でも特に寒さの厳しい凍土の山間を、一人の少年が足を引きずるように歩いている。毛布を幾重にもまとったような、ぼろぼろの防寒具である。破れた手袋の先から見える指は、赤さを通り越してもう黒ずんでいた。

うつろな瞳の弱々しい光が果てのない天を仰いだ。白い地獄だと少年は思った。凍てつく大地がわずかな光を映し、夜さえ白いこの地では、この白さこそが闇だと少年は思った。

少年は山脈の大地と同じように、受け継がれる長い長い戦に疲れ果てていた。

一際強い風が彼をなぶり、膝が折れた。剣山のような凍土に倒れ込む。頭が重く、視界が揺らいだ。もう駄目だと彼は思った。もう、眠ってしまいたかった。まぼろしの中で母の名を呼んだ。呼んだつもりになっただけで、母の名も父の声も、記憶からこぼれ落ちていくばかりだった。

最後に見た母の姿は、自分に刃を向けたそれ。

思うことはただひとつ。

――どうして、殺してくれなかったの。

自分の衣服の奥にあるかすかな残り香だけが、記憶よりも確かに、誰かに抱きしめられたことがあるのだと教えていた。その教えさえ、今はもう意味がなかった。

潰れかけた両目のまぶたの傷がまだ真新しく熱をもっていて、目を開くことも、閉じることも苦痛だった。

細い笛の音のような風に混じり、動物の蹄(ひづめ)の音がした。けれどもそれが幻聴であるのかどうかさえ、少年にはわからなかった。

氷片を踏む独特の音がしている。獣がやってくるのかと少年は思った。どうでもよかった。生きても地獄、死しても地獄なら、一瞬でも早く楽になりたかった。

視界の先に、小さな防寒靴のつま先を見た。ほんの一時、雪氷の嵐が止(や)んだようだ。それゆえ、冷え切った空気を叩(たた)く声があまりに鮮明に聞こえた。

「生きているか」

驚くことに、それは少女の声だった。どれだけ硬く凛(りん)としても、震えてうるむ声は幼かった。

生きているのか死んでいるのか、少年自身にもどちらであるかわからなかったが、その声が一体どのように作用したのか、彼の手首が痙攣(けいれん)するようにかすかに動いた。

濁った視界には茶色い靴の先しか見えない。そしてそれさえも、金属のように重いまぶたに阻まれようとしていた。

「顔を上げなさい」

天から降る声は高圧的だった。しかしそれも、まほろばの鐘の音のようだった。――眠りたい。思考がゆっくりと白く染まっていく。

「聞こえないの。顔を、上げなさいと、言った！」

突然だった。小さな手に胸ぐらをつかまれ、上体を引きずり上げられて、少年はのけぞるように顔を上げ、細い細い瞳を開いた。

「あと、百歩進めば助かる。立ちなさい。立って、歩きなさい」

声は、少年よりもまだ幼い、少女のもの。

薄く白い視界に、赤い唇が見えた。やわらかく曲線を描くあごの形も。

少女は背後に停(と)められた雪馬車から降りてきたのだろう。雪馬車は集落から発(た)ったばかりのようで、少女がひとり乗っていたわけでもないだろうが、少年を乗せる意志は見て取れなかった。

　苦しみに対してさし伸べられた救いの手では、決してなかった。けれども少女は、その小さな手で少年の首もとを強く、強くつかみ、それより強い言葉を放つ。

「立って、生きなさい」

　鈴の音よりもっと鋭い、研磨された剣を打ちあうような、声。

　けれど少年は、閉じかけた瞳で声は出さず、唇だけを動かした。

「――いや、だ」

　もう、いやだ、と囁(ささや)いた。

「眠らせて」

　安らぎが欲しかった。飢えも凍えも、もうまっぴらだった。生きることこそ苦しみだった。

　ただ、楽になりたかった。

　少女が己の唇を嚙(か)む気配がした。憤るように苛立(いらだ)ち、見限るように手を離した。頬が再び地に落ち、少年が痛みを感じた次の瞬間、もう一度引きずり上げられ、死した獣の毛のような灰の髪をつかまれた。

　そして、少年ははじめて少女の瞳を目にする。

　間近で深く、燃える。

　それは蒼(あお)い炎だと彼は思った。思った、時だった。

噛みつくように唇を奪われた。相手の赤さに、熱を感じた。

液状化した炎を嚥下するイメージ。喉が灼け、思わず彼は凍土に手をついて激しくむせた。灼けた喉に冷気が爪を立てていく。

白い大地に散ったのは、彼の唾と茶色い液体。——醸造されたアルコールだと、すぐにわかった。覚えのある味だった。体内から暖を取る手段として、酒は常套である。口移しで飲まされたそれと、混じりあって雪原に散る斑点。

赤い血は、命の色。

痛みもまた、生の証だ。

少年は鉄の錆びた赤いにおいを噛みしめながら、束の間光の戻った瞳で少女を見上げた。傷のあるまぶたの奥にひそむ、少年の瞳は黒かった。

果実のような唇から、濃く痺れる酒を流し込み、少年の唇の端を噛み切ったその少女が、異常者であるとは、少年は思わなかった。

(雪蟷螂——……)

アルスバントの山脈に点在する部族の中でも、双頭のひとつ。フェルビエの女には異名がある。愛するものさえ噛み殺すとされる激情をもつ彼女達のことを、人々は畏れを込めて〝雪蟷螂〟と呼んだ。

そして小さな雪蟷螂の少女は外套を脱ぎ取ると、美しい銀の髪を風に流して口を開いた。

「目を覚まし、そして立て。その熱が命、その血こそがフェルビエの宝である。生きて剣を持て、誇り高き雪蟷螂。絶望にその血を凍らせてはならない」

それは、ただの儀礼句だった。フェルビエの民が戦に向かう前、族長が朗々と叫ぶ、戦士の言葉。年端もいかない少女の口から流れるにはあまりに不似合いであるのに、聞き飽きた儀礼句はまるで、少女に語られるべく存在するようだった。

「絶望にその血を凍らせてはならない」

少女の舌が、自身の唇をなめる。

少年の血をなめ取るような仕草。幼い少女であるのに、あまりに、鮮烈な。

酒がめぐり、わき上がる熱と感情の名を少年は知らない。生まれてこのかた、感じたこともない。

ただ己の血の味を強く、強く覚えた。

無意識に、伸ばした手はもう取られなかった。

「私はアルテシア」

救いの手の代わりに、少女はひとつ、名前を告げた。

「私はフェルビエのアルテシア。絶望に血が凍る時、私の名を思い出しなさい。憎むべきは私の名である。生きる道さえないと言うなら、いつかこの命、奪いにきても構わない」

　顔を上げ、立ち上がり、そして歩き出し。

　いつか自分を殺しにこいと少女は言った。

「ただし、むざには渡さない。この熱、この命を。奪いにくるのなら、相応の男になっていろ。二度と私の前に無様な姿を晒すことは許さない」

　生きる理由が欲しいなら。

　私がやろうと、彼女は笑った。

「私はフェルビエのアルテシア。お前の名は覚えない。……お前が私を、覚えていろ」

　そうして雪馬車へと戻っていく彼女の小さな背中に、少年ははじめて強い焦燥を覚えた。感覚の消えかけた膝をつき、氷の結晶が肌を裂くのも構わずに、震えながら立ち上がる。

　あたかもそれは、生まれ落ちたばかりの獣の赤子のようだった。

　強く唇を噛めば、また血の味が広がった。それがすなわち、彼女の口づけの味でもあった。

　フェルビエのアルテシア。

　その名ひとつを心に灼いて、彼は、生をたどる一歩を踏み出した。

　アルスバント歴三百四十七年。

三十年の長きにわたった、氷血戦争停戦の年である。

第一章　蛮族の戦うた

アルスバント山脈の民は古い民である。雪氷の覆う山地には、集落をもてるほどの土地は多くない。しかしその限られた土地に、独自の文化をもつ部族がいくつも点在している。過酷な極寒を幾度も越えてきたためか、彼らの気性は総じて荒い。

争いが起こる時、獣を狩るための刃は、いともたやすく人をも狩る。

人とて獣であることを確かめるかのように。

季節が循環するように、山が雪と氷のヴェールに包まれる時節、山脈の片隅で、二つの部族が刃をあわせていた。

「退くな！　一歩たりとて退くことは許さぬ!!」

強く吹きすさぶ冷たい風の中、先頭で声を張り上げるのは片方の部族の長。

私的な怨み(うら)を発端とする両族の諍い(いさか)は、冬の到来とともに死力戦へと突入していた。

どちらの部族も少数であったこともまた、止めるものの不在につながった。

今は天から飛来するものはないが、凍土には白い根雪が積まれている。

争う人々には革と鋼の防具と刃。

山脈の風がその息を鎮めれば、降りそそぐのは雪氷でなく木と鋼の矢尻だった。

人は倒れ、山脈に血が落ちる。

赤い血は雪に散り、その上にまた白い天の使者がおりるだろう。

そして春の訪れとともにまた山脈の大地を穢(けが)す。

死は虚(むな)しさと沈黙でしかない。しかし人の血は生の証として、戦う者に興奮をもたらす。今も刃を持つ人は皆、我を忘れていた。それはある種の幸福でさえあっただろう。

両族の長が刃をあわせ、その命を賭けようとしていた、その時だった。

動乱に水を差す高らかな音がした。

張り詰めた獣の革を叩く音楽。そして戦の地に、両族どちらの装束でもない戦士が降り立つ。

「何者――！」

闖入(ちんにゅう)者である戦士達は驚くほどの手練(てだ)れだった。両族の武器を散らし、致命傷は避けて雪の大地に叩きつける。

かすむ視界には、彼らの部族の紋章が見えない。

けれどそれよりもはっきりと、戦士達はその得物でもって出自を明らかにしていた。

それぞれが持つ、一対の二刀によって。

奥からひとりの戦士が躍り出る。

まだ剣をあわせたままの両族長のもとへ、迷いなく向かってきたのは細身の戦士。手足は長く、その表情をすっかり隠す仮面をかぶっている。

両腕には、他の戦士達と同じ、大振りの曲刀。

「フェルビエ――……!!」

どちらともなく叫び、呼ぶ。

それは山脈の中でも、一際古い戦の民の名だった。

諸手(もろて)の曲刀を自在に操る蛮族。彼らのことを――より正確に言うならば、彼女らのことを、知らぬ者は山脈にいない。

雪原をすべる防寒靴。そして風を切る太刀筋。

フェルビエの戦士は、踊るように見事に両族長の刃を飛ばした。あまりの見事さに、男達はみな怯(ひる)む。

それが合図であったかのように、戦場を見下ろす丘にひとりの女が立った。美しい装束に身を包んだ、若い女だ。幾重も布を重ねたフードで頭部を覆いながらも、流れる銀の髪や、折れそうに華奢(きゃしゃ)な首筋から、美しさが香るようだった。

隣にはぼろをまとったような男が、小さな背をより小さくするように丸めて、こちらを凝視している。服も髪も灰色にくすんで、白い雪に沈んでいた。

彼女の傍らで高らかに鳴る太鼓の音は、フェルビエの戦うたのように戦場に響いた。

「鎮まれ――」

女の口から放たれる言葉は、決して大きなものではなかったが、凍る空気を激しく震わせた。

知らぬ者など誰がいよう。

彼女こそ、蛮族フェルビエの美しき女族長だ。

「剣を地に！　これ以上山脈に無為の血を流すことは許されない。フェルビエの剣に賭けて、ここに調停を申し入れる。この戦、アルスバントの雪蟷螂、フェルビエが預かる――！」

フェルビエ一族は山脈の中でも強い力をもっている。かつては長い戦にその身を捧げていたが、十年も前に結ばれた協定から、戦の部族は和平へと尽力をはじめ、フェルビエは他の部族に剣を向けることはなくなった。しかし蛮族の名も力も消え去るわけではなく、対峙した二族の民には、高揚よりも畏れが先に立った。

その中で片方の族長は強く唇を噛み、落ちた剣を再び握る。

相手は蛮族とはいえ、己の娘よりも若く、剣さえ持たない。今も高見の見物だ。雪蟷螂の名など、虚飾にすぎない。

「射れ――!!」

その叫びに我を取り戻した後方の兵は、そのまま弓を引き、放った。

狙うはフェルビエ。その女族長。矢尻が逸れようと構わない。

自らも剣を振るい、傍らのフェルビエの戦士へと襲いかかる。

「私は聞かぬ！　剣さえ持たぬ小娘の言うことなぞ――」

しかし仮面の戦士はやはり優雅に剣を受け、もう一太刀でももを裂く。

崩れ落ちたその身体を押さえ込まれ、触れそうなほど間近に仮面があった。

「――剣が、なんだと？」

戦士の口からもれた囁き。その声が、あまりに深く、あまりに冷たく、そしてあまりに……美麗であったものだから、族長は目を見開いた。

視界の端では、丘に佇む女の姿。彼女を狙った矢は、背を丸めた男によってすべて叩き落とされていた。青白い顔で佇む彼女と対比をさせるように、仮面の戦士がその仮面をかすかにずらした。

戦士は女だった。

それ自体は珍しいことではない。

遠地から訪れる者には驚愕されるのが常だが、フェルビエの民は時に女も剣を持つ。

力は男のほうが勝れど、女戦士の激情は、どのような呪いもはねのけると言われるほどだった。

それ自体は珍しいことではないのだ。驚いたのはそんなことではなかった。

仮面の間から、銀糸のような髪が、音も立てずにひとすじ落ちた。

「剣でしか納得が出来ぬというなら、気の済むまで受けて立とう」

瞳の色は薄い蒼。

唇の紅はあざやかに。

「雪の……蟷螂……」

地に伏した男は無意識にそう呟いていた。

「――いかにも私が、フェルビエ族長」

丘に立つ娘と、うり二つの容貌をした、曲刀の戦士は、静かにその名を告げた。

「名を、アルテシア。――異論は、あるか」


山脈が深い雪に包まれる長い忍苦の季節に、暮らす人々の娯楽は多くはない。吹雪の合間、雲の流れから束の間の休息が約束されれば、フェルビエの部族の間では決まって、剣戟の音が響く。

木々を打ち鳴らし革を叩き、戦いのうたを歌うフェルビエの民。

――立ち上がれ。フェルビエの戦士。

——この熱が我が命。

——この血こそが、フェルビエの宝。

フェルビエ集落の中心、人垣で出来た円陣の中、剣を構えた男が二人。

一際大きな歓声が上がり、勝者は刀をかかげる。敗者は雪の上を引きずられていき、手当てを受けるのだろう。その口元は苦々しく、けれど確かな笑みを刻んでいた。

命の取り合いではなかった。彼らにとって、戦いこそが最大の愉しみだった。

勝負は単純な勝ち抜きである。向かう者がいなくなった時点で、その者の優勝が決まる。

次の挑戦者を待つ人々だったが、ひとりが遠方に進む一隊を見つけて声を上げた。

「アルテシア様だ……！」

人々が振り返れば、一際豪奢な雪馬車の姿。

その馬車を認めた観衆は、より大きな歓声を上げた。

「アルテシア様！」

その雪馬車が誰のものか、フェルビエの民はおさな子でも知っている。一族を束ねる族長の、専用馬車だった。フェルビエの精鋭たる戦士を連れて、目に痛いほど明るく白い雪原を越えてくる。

「戦か、ミルデか⁉」

逸る若者が呟くが、傍らで首を振る者がある。

「ダーダルヤとウォルジュが揉めてただろ。その調停だって話だ」

「調停？　あんなの、私闘もいいところだろう。族長が間に入らなければいけない道理があるのか？」

戦いたい者があるなら戦わせておけばいい、とは実に戦の民らしい考え方だった。

しかし年長者はため息を嚙み殺すようにした。

割れかけた唇の隙間からもれる息がわずかに曇る。

「そういうわけにもいかないのだろう」

別の戦士達は、ゆっくりと進む雪馬車の戸が中から開き、ひとりの男がすべり落ちるように降りるのを見た。濁った灰色の髪を伸ばし放題にした、背の丸い男だ。

「……ありゃあ……」

口を開いたのはフェルビエの戦士ではなかった。山脈を越える旅路にある戦士だ。その旅の戦士がなにごとか言いかけると、隣に立ったフェルビエの男は頷いた。

「旅の人間、運がいいな。今かすかに見えたお方がアルテシア様だ。俺達の族長は、そらおそろしいほどの美人だぞ」

フェルビエ達は馬車から降りた男ではなく、その奥に目をこらしていたようだった。

旅の男も流されるままに興味をそちらへと向ける。

「女なのか」

今ほどまでフェルビエの勇士に感嘆していた男には、意外に思えたのだろう。

けれどフェルビエ達は皆、躊躇うことなく頷く。

「ああそうだ。先代の父上はかなりの傑物だったが、流行りの病にやられてな。アルテシア様はまだ小さかったが、先代の妹君に支えられ、立派に俺達の上に立っている。今ではもう父上にまさるとも劣らない」

「……女の下になど」

思わず、といったようにもれた呟きに、フェルビエは誰もが明るく笑う。

「それはお前、アルテシア様を知らないから言えることだ」

あの御方はすごい方だよ、と言う人々の感嘆にはけれど、わずかに苦い色が混じっている。誰もが言葉を探すようにしばらく黙した。

「しかしな、アルテシア様は……」

結局黙することに耐えきれなくなったように、ひとりの男が、切なげなため息混じりに小さくぼやく。

「本当に、和平のために、あんな邪教のミルデなんぞに、御身を売っちまうのかね……」

調停を終えてフェルビエ集落までたどりついた雪馬車の中には、確かに族長アルテシアの姿があった。

豪奢な内装の椅子に身体を預けた族長は、厚い布を重ねたフードで頭部を覆っている。小さな雪馬車の窓から集落の様子を見つめるそのおもてには、もう仮面をつけていない。銀の髪もゆるく編まれて流れていた。

その隣に座るのは、粛々と寄り添うひとりの侍女。フェルビエ族長と同じ髪の色、同じ肌白さで、しっかりとまとめられた髪と表情は落ち着いた様子だが、少女から女へと変わる、瑞々（みずみず）しさが肌のはりにあらわれている。

「よかった……このまま崩れずに済みそう」

侍女である娘は遠い空を見ながらそう呟く。冬の盛りにはまだ間があるとはいえ、吹雪に巻き込まれては数日立ち往生を余儀なくされることもある。

「屋敷（やしき）が見えてまいりましたわ。予定よりも二日早い帰還、なによりです」

頷きながら言う言葉にはなぜか、棘（とげ）を感じさせる。族長はささやかな沈黙のあとに低い声で囁いた。

「……皆のおかげだ」

「いいえ」

その答えを予測していたかのように、侍女が振り返る。

「いいえ、陛下の、素晴らしい、奇策のおかげです」

わざと文節を丁寧に区切る。「陛下」という言葉はフェルビエのような古い民族には不似合いであったが、その分彼女のかたくなな意思があった。

隠しようのない敬意とともに、なじる響きが親密さを感じさせた。

フェルビエ族長は答えない。

やがて侍女は諦めたように眉尻を落とし、息をつく。

「異論があるわけではないんです。陛下の剣の腕は、誰よりも信頼しております。けれど、やっぱりあんなやり方、いい気持ちはしませんわ」

替え玉を立て、自らは戦場の渦中へと飛び込む。もちろん勝機あってのことだが、万全の策とはいえなかったはずだ。

アルテシアはわずかに息をついて、かぶっていたフードを脱ぎ、首を振った。

窓から入り込む強い照り返しが、彼女の銀の髪と横顔を照らした。

薄い紅しか引かない簡素な化粧だったが、きめこまやかな肌、陶器のような表情に凄絶さを与えている。

それよりも印象深い、長い銀のまつげに彩られた瞳は、燃える蒼だった。

「すまない。結局ルイも危険に晒した」

紅の唇からつむがれる声は低く、凪のように穏やかだ。

「私のことなんて」

不規則に揺れる馬車の中で膝をつき、ルイと呼ばれた侍女は主人であるアルテシアを覗き込むように笑う。

「危険に晒されることこそ、私の役目です」

囁きは低く、その響きが、あまりにアルテシアのそれと似ていた。声色だけではない。そうと思ってみれば、髪の色も目の色も、輪郭のラインに至るまで、二人はよく似ていた。

二人の間に血のつながりはない。肌と髪、瞳の色素の薄さは山脈の一族の中でも、フェルビエが特化している。同じフェルビエであるのだから、かつてどこかで血の交わりがあってもおかしくはないが、少なくとも近しい生をうけたわけではなかった。だからといってその相似を、偶然と呼ぶことは出来ない。彼女はそうなるために育てられてきたのだから。

ルイはフェルビエ族長、アルテシア専属の影武者である。

アルテシアの替え玉として危険な仕事にあたるため、幼少の頃に族長のもとに連れてこられた。生まれはもとからなかったものとされ、ルイという名もアルテシアのつけたもの。幼い頃より、うり二つとなるよう育て上げられてきた。

歴代の族長が皆そのようにうり二つの影武者を立てていたわけではない。先代の族長の替え玉は性別も体格も違う妹君だった。

アルテシアにはそうすべき理由があった。近衛兵を立て自らも類いまれな剣術を操りながら、まだその上で身代わりを立てねばならないという理由が。

似ていると言っても、二人を並べればその差異ははっきりとあらわれていた。

「もっとも」

言いながらアルテシアの隣に座り、ルイは笑う。

日だまりのように。

その無邪気さこそ、ルイとアルテシアを隔てるものだった。

「私が危険だったのは、この馬鹿な近衛兵が、陛下の方しか見てなかったせいですけれど！」

そのまま足を持ち上げると、防寒靴をタン、と踏み下ろした。

彼女が狙ったのは、今まさに言葉で指した「馬鹿」の足だった。決して気配はなかったが、馬車の隅には、冬に眠る熊のようにうずくまる影があった。

ぼさぼさに伸ばした艶のない灰髪が目元を完全に隠し、馬車のうちにあるというのにあまりに目深にかぶったフードは隠者のようだった。更に言えば物乞いのような風情でもあったが、ルイがおろした足は、あっけなく空を切る。最小限の、素早い動きでかわされていた。

ルイが露骨に気分を害した顔をした。

「……トーチカのくせに」

隅に座り込んだ影は応えない。

男の名はトーチカといった。

男である、ということ以外に、一見してわかることはない。丸めた背は老人のようであったし、今見せたような素早い動きは、若さを感じさせる。

彼が何歳であるのか、また、どういった生い立ちであるのか、フェルビエは誰も知らない。

フェルビエであると自称こそすれ、それさえ真偽は確かでなかった。

族長アルテシアが自分専用の近衛兵として異例とも言える抜擢(ばってき)をした時も、フェルビエの戦士の反感は大きかった。

今も納得していない者は多い。

ルイのように忌々しげにでも声をかける者さえ稀(まれ)だった。フェルビエの人々は近衛である彼を空気として扱い、彼もまた、空気たろうとしているようだった。

不潔そうな見映えであるが、深まった頃の雪のようににおいのない男だった。

色の薄い宵の影のようにアルテシアの後ろに従い、息づかいさえも立てることはない。

アルテシアはかすかに目を閉じ、静かな声で低く言った。

「確かに動きが悪かったな。鍛錬を怠けて腕を落とすことは許されないと思え、トーチカ」

「は……っ」

トーチカからすぐさま割れた声がした。同時に馬車の床に這いつくばるように低頭する。

その様子にいよいよルイは美麗な顔を引きつらせて「トーチカのくせに！」と立ち上がった。

「私、陛下と大切なお話があるから、トーチカは外よ、外！」

無理矢理トーチカの背後のドアを開いて彼を外に出すと、ルイは一仕事終えたとばかりに手を打ち合わせた。

「フェルビエの民は女に激情があると言うけれど、それは男があああも情けないという意味にとられかねませんわ」

アルテシアはといえば、侍女の暴挙を止めるでもなく咎めるでもなく、淡々と応える。

「フェルビエの男に情けがないのではない。あれは、トーチカ個人の情けなさだ」

「ええ、まったく」

ちらりとルイはアルテシアの横顔を盗み見た。

そのみすぼらしく情けない男を、近衛兵長という任から外さないのはなぜなのか。

他の人々と同じように、ルイも疑問に思っていた。トーチカは確かにアルテシアに忠誠を誓っている。

たとえば、先のように踏みつければ、ルイの足など水が引くように静かに躱すだろうが、アルテシアであれば自ら身を乗り出すほどだろう。

その忠誠心は本物だ。しかし、忠誠心さえあればいい、というものではない。

近衛兵の役割は、犬ではない。

望まれるのは忠犬ではなかった。否、忠犬であるに越したことはないが、剣を持たない犬はいらない。

かつて、フェルビエは山脈のある部族と血で血を洗う戦をした。

蛮族の誇りを賭けて戦い死した、その戦は、丁度アルテシアの父の代にて停戦を迎える。

何十年も続いた戦の時代は終わったのだとフェルビエは言うだろう。けれど本当にそうなら、アルテシアにルイのような存在は必要ない。

流れる血をも凍るとされた、あの戦は終わってはいない。

……——完全には、まだ。

「話は」

せかすふうでもなかったが、問われてルイははっと我にかえった。

数秒視線を泳がせ、声をひそめて囁く。

「ダーダルヤとウォルジュは、まだ揉めるかもしれません」

ルイが口に出したのは、この遠征で間に入った、二つの部族の名だった。

アルテシアは沈黙をもって続きを促した。

「あの戦の原因は確かに私怨でした。仕掛けたのはダーダルヤ。……その原因は、ダーダルヤ族長の娘が、ウォルジュの若者に、傷物にされたと」

それはアルテシアも知っていることだった。おのおのの族長の言い分は聞いた。その上で、謝罪と和解へと導いたつもりだったが。

「帰り際、ダーダルヤの娘と会うことが出来ましたわ。ずいぶん憔悴した様子でこそありましたけど」

これは私の勘です、と前置きをして、けれどルイは確信をもって言った。

「……彼女は今も、ウォルジュの若者を想っています」

人の心はままならない。些細なことと笑い飛ばすのは簡単だ。

けれどその些細な心が、流れる血に変わることもある。

「そうか」

アルテシアは頷くと、「しばらく様子を見るしかないな」と外を望んだ。

「ひとつきもすれば、変わるものもあるかもしれない」

呟きは、アルテシアにしては珍しく叙情的だった。そしてその答えを意外に思わなかったルイは、この話をなかなか切り出せなかった理由を自覚した。

このような言葉を、アルテシアの口から聞きたくはなかったのだ。

人の心が変わるかもしれない。そう予想をしてしまえるほど劇的ななにかが、この山脈で起こる。これから、ひとつきの間に。

「衣装は決まったか」

アルテシアが続けて問うた。

複雑な顔で、ルイは微笑（ほほえ）みを返す。

「ええ、陛下にお似合いの、とても美しいものを」

そうか、と返すアルテシアの言葉には欠片（かけら）の感傷もなく、ルイは無理をするように笑って言った。

「でも、聞いたことがありませんわ。自分の婚礼衣装を、替え玉に合わせるご婦人なんて！」

「私は必要なかった。ルイは好きだろう」

自分は身を飾ることに興味がない。そんな意味でアルテシアが言うが、ルイは少しふくれた顔で、

「ええ好きですとも。代わりに婚礼をあげても構いませんわ！」

ときっぱり言った。

アルテシアは笑わなかった。

「それは出来ないよ」

彼女の答えは静かだった。あんまりに静かだったから、よけいにルイの胸は痛んだ。

「申し訳ございません」と自分の非礼をわびるように言って、

「ああ、もう、到着いたしますわ」

言いながら、己をなぐさめるように目を閉じた。

胸の痛みなどまやかしのはずだった。自分はこうして彼女の身代わりとして育てられたというのに、その胸中の苦しみひとつ肩代わりなど出来ないのだと思った。

まぶたを閉じればあざやかに思い出される、ルイが見立てた美しい婚礼衣装は確かにアルテシアに映えるだろう。

短い春が来る前に彼女の主、フェルビエの女族長は、フェルビエの民を背負ったまま、宿敵のもとに嫁いでいく。

きっと、雪の精霊のように美しい姿で。

長い長い、戦の終わり。その約束を果たすために。

第二章　蟷螂の婚礼

覚えている。痩せた手のひら、それでも威厳を失わない、広い背中を。

「恒久なる和平の礎に、お前の未来をミルデの仇敵（きゅうてき）に売る」

意味がわかるかと父に問われ、わからないとアルテシアは応えた。

彼女はまだ七つにも満たなかった。

父である族長の言葉の意味はわからない、けれど。

「お前にしか出来ぬ戦だ、アルテシア」

そう言われるなら頷く他はなかった。

両の手を肩に置かれた。病魔にむしばまれた族長の腕は重たかった。その重たさが、
フェルビエの命、血の重さだと思った。

フェルビエのために生き、フェルビエのために死ぬ。

族長の娘として生まれた、それが己のさだめだと、アルテシアは思っていた。

和平なるものの尊さを、まだ幼いアルテシアが理解したとは言（い）い難（がた）い。蛮族フェルビ

エと、凶人ミルデの確執はもう、双方の部族の間に横たわりすぎた。

敵族を滅ぼすまで剣を振るい続けて、そして訪れる和平でも構わないと思いはしたが。

この身をミルデに売り、対価として恒久なる和平を得るという父に、アルテシアはひとつだけ、問いかけをした。

「春は、美しいですか」


「――――――――、か」

アルテシアがかすかに呟いたその言葉は、傍らで鏡を用意していたルイの耳に入った。

暖炉には静かに火が揺れ、光差す窓を白く曇らせている。フェルビエ集落、族長の住まう一際大きな館の、アルテシアの私室だった。

「なにか？」

「いいや」

ゆるく首を振る。思い出にふけることは多くはなかった。それでも、自分が十年も前のことをこれほど克明に覚えていることに、アルテシアはささやかな驚きを覚えた。それほど、印象深い出来事であったということか。

ずいぶん感傷的な問いをしたものだと、アルテシアはどこか他人事（ひとごと）のように思う。

幼い時のことを思い出すと、少し自分から魂が離れて、高い場所から見ているような錯覚に陥る。生々しい感触は、数えるほどしか記憶にない。さめた子供がさめた大人になったという、それだけなのだろうか。

目の前に鏡を置かれて、隣に立つルイが微笑んだ。

鏡に映ったアルテシアは、ルイの見立てた婚礼衣装に身を包んでいる。白と青を基調にした衣装は、この地方ではどの部族の定石にも外れた、珍しいものだ。アルテシアを着飾る前に、ルイは拳を固めて「甘い婚礼には決していたしません」と言った。

「ミルデの族長が気圧(けお)されて目を奪われて、手も触れられなくなるような、高潔の花嫁にしてみせます」

そうすることに意味や価値があるとは、アルテシアは思わなかったが、ルイが命まで賭しているような様子だったから、黙って割れた爪の先まで好きにさせた。

ルイは相変わらず侍女の姿をしている。アルテシアがきつく着飾っているせいもあるが、一見して二人が見間違われるようなことはない。髪型と簡単な化粧、そしてその仕草だけでこうも己の雰囲気を変えるのだから、まるで魔術のようだとアルテシアはつねづね思っている。

「とても、お美しいです」

感嘆するようにルイが言う。

「そうか。ルイが言うのなら、そうなのだろう」

ルイの見立てはいつも的確だった。これまでも、アルテシアの晴れの衣装を見立てたことが幾度もある。アルテシアはそのたびに、同じ顔をしているのだから心根から明るいルイが着た方が似合うだろうと思うのだが、実際に着てみれば確かに、どの姿もアルテシアだからこそ似合うものばかりだった。

ルイはヴェールと髪型と造花のコサージュとのバランスを考えているようだ。

人形のように座ったままのアルテシアは退屈に疲れ、「髪は、当日でいいんじゃないか」と呟いた。

「衣装の見立ても、私はルイを信頼している。間違いはないだろうよ」

その言葉に、ルイは手元を止めず、「私が見たいんです」とはっきり告げた。

「婚礼の日に着飾るのは、婚礼の相手のため、しいてはミルデの族長のためです。お美しい陛下を見れば見るほど、きっと腹が立ってしまうだろうから。……だから、今日は、私のわがままなんです」

口調は静かだったが、気持ちを押し殺すような響きだった。アルテシアは鏡を覗くが、自分自身が邪魔をして、ルイが一体どんな表情をしているのか見ることは出来なかった。

その美しさと、また冷たさと苛烈さを指して、氷のよう、と評されることの多いアルテシアだったが、この自分よりも数段愛らしい影武者に甘かった。

はじめてアルテシアのもとに連れてこられたルイはまだ、彼女と同じ小さな少女だった。その日からルイはアルテシアに忠誠を誓い、何度もその身と命を危険に晒した。

アルテシアを育てた屋敷の者でさえも判別の出来ないほど、完璧な立ち回りで、真実アルテシアの分身として彼女を助けたルイに、アルテシアは感謝よりももっと深い思いを抱いていた。

「……ルイ」

「なんでしょう。痛みがございましたか？」

手を離し、覗き込む彼女に、アルテシアは目を伏せたまま、静かに言った。

「十日後にはミルデの集落に輿入れだ」

アルテシアはまず、その事実を確認した。

「私はミルデの族長に嫁ぐ」

それは急な話ではなかったし、アルテシアの意志でもなかった。

このアルスバント山脈にある部族が対立をはじめて数十年、刃しか交えたことのなかったフェルビエ族とミルデ族、二つの部族の族長が、和平の証に迎える婚礼は十年前から決まっていた。三十年という、長い長い、大きな戦の終わりに。

この婚礼を迎えるために、十年の間、二つの部族は停戦を保った。

「………はい」

俯き加減に、ルイは頷いた。婚礼を喜ぶ表情ではない。けれど異など唱えられようもなかった。彼女はただ、ひとさじの感情をもつことを許された、アルテシアの影だ。

そのルイに、鏡の中から視線を向けて、アルテシアは言う。

「私はミルデの妻になる。それは、ミルデがフェルビエの夫になるといってもいいだろう。一度婚礼をあげてしまえば、私の……危険は少なくなるだろう」

それはつまり、族長としての価値が軽くなるという意味でもあったが、アルテシアはあえて、明言はしなかった。

長い間宿敵であったミルデの族長の話はいくつも聞いたことがあるが、今に至るまでアルテシアが直接言葉を交わしたことはない。その必要もないだろうと思っていた。もとより愛しあおうなどと思ってはいない。

婚礼をあげること。それが彼女の、一番大切な族長としての使命だった。

そして今、ひとつきも経たぬ間に、その使命は果たされようとしている。

いつかこの日がやってきたら、ルイに言おうと決めていた言葉がひとつ、あった。

「お前に暇を与えようと思う」

ぱっとルイの顔が上がった。困惑に凍ったその顔に、出来る限り、アルテシアは瞳の光をやわらげた。

ルイのようにほがらかに笑うことは出来ないまでも、心が少しは、届くように。

「私はミルデと、フェルビエのアルテシアになる。だから、お前は、もう自由になってもらって、構わない」

名前を捨て、家族を捨て、アルテシアのもとに連れてこられて。

彼女はもう十分に、命を賭けてくれた。

「フェルビエの民として、一生を不自由しないだけの後ろ盾は用意しよう」

アルテシアの言葉を聞く、ルイの重ねた指の先は震えていた。

「……長い間、世話になった」

鏡の中で彼女は、何かを言いかけるように口を開き、そして閉じ、首を振って、肩の力を抜いた。

そのまま美しく微笑むと、目を細めながら静かに言った。

「では、今すぐ解雇なさって下さい。今からこの屋敷の門をくぐり直し、侍女頭の前で膝をついて、侍女見習いのひとりに加えて頂きます」

冗談のような軽い口調で、それでも瞳の深さは真剣だった。

ああそれとも、と慌てて言い直す。

「ミルデの屋敷に仕えた方がよいですわね。今すぐ、ミルデの殿方を色仕掛けしてまいります。ええ大丈夫です。十日もあれば、陛下より先に婚礼くらいあげられますので」

きっぱりと言い切るルイの口調は強かった。アルテシアは笑うように目を閉じて、吐息とともに言葉を落とす。

「お前が言うと冗談にならない」

この、愛らしい影武者が、決してある面で品行方正でないことは、アルテシアは知っていた。

ルイは膝をつき、アルテシアの手の甲にそっと手を重ねた。

「ルイは、陛下に嘘は申しません」

美しくなめらかな手のひらだった。剣の振りすぎで固くなったアルテシアの手とは違う。

アルスバント山脈に暮らす人々は、手を山の外気に晒すようなことはしないが、この手を人目に晒せば、自分との違いは明白すぎて、影武者にもならないだろうとアルテシアは思った。

ルイはアルテシアの目から見ても、美しい娘だった。

自分に近いつくりでありながら、内面の瑞々しさはこれほどまでに人を見違えさせる。希有な少女だと思うからこそ、自由を与えねばならないと思う。

思いながら、彼女をまた、つないでしまう。

「ミルデまで、ついてくるか」

アルテシアの問いに、ルイは呆れたように眉を上げた。

「もとより、そのつもりでなかったことなどございません」

「そうか」と、アルテシアは目を伏せたまま頷いた。それ以上はもう、言い募る気にはなれなかった。

ミルデでの暮らしは、フェルビエでのように楽なものではないだろう。しかしアルテシアはアルテシアとして立つだけだった。そうしてまた、ルイはルイとして立つことがすなわち、アルテシアのそばにあるということなのだろう。

そう思うと、胸ににじむものはあたたかかった。

アルテシアはそこで口を閉ざしたが、ふと見ればルイは膝をついたまま、鏡の中ではありありと不満げな顔をしていた。

「……影武者に暇をと、陛下はおっしゃいます。……近衛兵には、暇は必要ないのですか？」

複雑な顔で、耐えられなくなったように口を開いたルイは、ぼそぼそと呟いた。

「トーチカか？」

「そうです」

拳を固めて言うルイに、アルテシアはしばし考え込むように、指の腹を口元にあてた。

「どうして……」

確かに、トーチカを解雇しようとは、アルテシアは一度も思わなかった。

「連れて行くわけではない」

口にしながら、そのことをあまりに当然だと思っていたことに気づく。

「あれは、ついてくるだけだ」

その言葉をまるで予想でもしていたのか、ルイが即座に大きなため息をついた。

「……アルテシア様は、男運が悪すぎます」

これから嫁に行こうという女にそれかと、アルテシアは愉快な気分になった。

「そうかもしれないな」

ろくに男も知らず、宿敵のもとに嫁いでいく。このフェルビエで男と交わした交歓など、家族のそれか、剣でのそれだけだ。

宿敵が運命の男である可能性も皆無ではなかったが、期待は出来そうになかった。期待らしい期待もした覚えはなかったが。

男との出会いばかりが運命ではないだろうし、愛しあうばかりが運命でもないだろう。その代償のように、自分はこうまで強い剣を得ている。

鏡を見据えるアルテシアを見て、ルイが口を開いた。

「……ご自分に幸福は不似合いだとお思いですか」

「いいや」

答えは早かった。問われたことの、驚きさえなかった。言葉は自然で、光に身をゆだねるようなものだった。

「成すべきことを成したい。それだけだ」

そしてそれが幸福だと、アルテシアは確信をしていた。

ルイはその言葉に美しい髪をくしで梳きながら、笑いもせず、はっきりと告げた。

「ルイには、成すべきことなどございません。……だから、陛下には、幸福になって、頂きます」

悔しげに、唇を噛んで。「方法は、わかりませんが」と囁くので。

アルテシアはまぶたをおろし、「十分だよ」と囁いた。

やがて来る婚礼の向こうに春はある。

そしてその春がまばゆいほどに美しければ。

その春を、幸福と名付けようと、アルテシアは思った。


強まりつつある冬の吐息が、出発の刻を連れてくる。

両族をあわせた盛大な婚礼が開かれるひとつき前に、アルテシアは輿入れとしてミルデの一族の集落へと向かう。

「――すまないな、アルテシア。私もともに行ければよかったのだが」

寝所につるされた天蓋、分厚い緞帳の奥から、深くかすれた女の声がしている。

「……いいえ、叔母上」

アルテシアは寝台の傍らに佇み、静かに言った。

「長く、大使としてミルデとの交渉をお任せいたしました。どうぞしばらくは、身体をお休め下さい」

御簾のような厚いカーテンの向こうに半身を起こし伏せっているのは、アルテシアの叔母であり、先代の族長の妹だった。名をロージア。先代亡き後、女族長として後を継ぐのだろうという周囲の思惑に反し、アルテシアの後見となり裏方へと身を引いた女戦士だ。

アルテシアにとっては、育ての親のようなものだが、それ以上に、誰よりも厳しい剣の師だった。

かつてロージアは彼女の兄である族長とともに、アルスバントの山脈を駆け、剣を振るった。氷の戦も末期の、一番苛烈な時代である。

ロージアの武勇は名高い。彼女は戦場で当時のミルデ族長とも相対したという。

彼女がミルデ族長を倒していたら、二つの部族の婚礼による統合はなかったであろうし、フェルビエがミルデを征服していた可能性は高い。

しかし歴史はそのように動かなかった。

彼女は族長に負け、命こそ落とすことはなかったものの、身体の一部を失った。戦士としては命に等しい、剣を握る利き腕の、肘から先すべて。

族長の座を辞退したのも、それに由来するところが大きいのだろう。欠落した身体では人々を統治することが難しく、また彼女がその姿をフェルビエの前に晒すたび、ミルデへの反感を招くことは必至だった。

戦士としては一級だった。戦の時代であれば、彼女は身体を失ったままでも族長になれたかもしれない。

けれど山脈の風は和平に吹いた。

真実剣と添い遂げた彼女の、本心は誰も知らない。彼女はただ、自分の姪であり、族長の座を継いだアルテシアに、その剣技を教え込んだ。

そしてまた、ミルデへの大使という、危険を伴う任につき、アルテシアの婚礼のために全力を尽くした。

自らは伴侶を得ず、子供も持つことはなく、大任を終えてからしばらく人前に出ることはなくなった。戦で鍛えた身体は精悍だが、ここ数年は、長い冬のたびに体力が削られると呟いていた。

こんなふうに伏せることもはじめてだった。

それほどに、和平の大使としての仕事は彼女の身体にこたえたのかもしれないと、アルテシアは思う。

「この婚礼は、必ず果たしてみせます」

血のつながった親族としてではなく、厳しく尊い師に向けて、誓うようにアルテシアは言った。

「――留守を、任せます」

ロージアは寝台の奥で、しばらく答えず、深く思いのこもった声で一言、言った。

「武運を。族長、アルテシア」

一礼ののち、ロージアの私室を出たアルテシアのもとに駆け寄る影があった。

「アルテシア様、本当に、自分達はともに参らずともよいのですか」

フェルビエの戦士達が、旅立つアルテシアに尋ねる。

「必要はない」

とアルテシアは一蹴した。

「再び戦争をはじめるのではない。婚礼に兵は必要か」

「しかし、もしも、ミルデの輩(やから)がアルテシア様に刃を向けたら――!」

「疑心はなにを生む？」

アルテシアの言葉は風のない夜のような静けさだった。

「いたずらに混乱と対立を招いてみろ。お前達、父上に顔向けが出来るのか」

戦士達が言葉に詰まった。

アルテシアの父親は、勇敢な族長だった。フェルビエの戦士の心の中に、今も彼は生きている。

「この婚礼は父上の悲願だ。剣を置き、祝福に来てはくれないか。私とミルデの婚礼は、二つの部族の、未来そのものだ」

フェルビエの戦士はきつく奥歯を嚙んで、頷いた。

アルテシアは「戦ではない」と皆に言った。それは嘘ではなかった。

蛮族フェルビエの戦士は誰もが勇敢だ。しかし婚礼は彼ら、彼女らの戦ではない。

「行くぞ、お前達」

二刀の剣を下げ、裾をさばけば、かしずくのはひとりの侍女。そしてひとりの近衛兵。

一団はいらない。この身ひとつがあればいい。

「これは、私の戦だ」

それが出陣の合図だった。

族長アルテシアがフェルビエの集落を発ち、婚礼のためにミルデへと向かうその日。

アルスバント山脈は、吐く息さえも凍りつくほどの強い吹雪だった。

それは彼女の一隊を阻む苦難のようであり。

同時にまた、祝福のようでさえあった。

第三章　凶人の現神

ミルデの族長の屋敷は豪奢だが、フェルビエとは似つかぬ空気に満ちていた。所狭しと置かれた呪術の道具と、独特な木香が遠い外つ国のようだ。

フェルビエもミルデも、もとは同じ山の民であったとされるが、数百年も前、山脈の民は一度恐慌を迎えている。山の民の分裂は、ひとつの古き国の崩壊が招いたものだといわれているが、今はもう語り継ぐ者もない。

「遠路はるばる、よくぞ参った」

低い低い声が聞こえた。背後に大きな暖炉。その炎を背にして立つミルデの族長を、アルテシアは凍りつくような青い瞳で見つめた。

精悍な男だった。

アルテシアは娘らしからぬ冷静さで、顔のつくりよりも先にその身体つきをさぐった。

ミルデの民はフェルビエよりも高い室温を好むのか、焚かれた火の勢いは強く、一族の民は軽装をしている。その服の下に覗く族長の身体は鍛え抜かれていた。

無礼を承知で、アルテシアは意外に思った。凶人ミルデは怪しげな呪術を使えど、肉弾戦には向かない軟弱な一族だと思っていた。それはアルテシアだけの印象ではない。フェルビエ全体の、ミルデを蔑む感情だ。

しかし、それに反して、ミルデの族長は戦場にあるべき身体をしていた。

それは彼の父親から受け継がれたものであったのかもしれない。もはや死したミルデの先代。彼は決して軟弱な男ではなかったと、かつてアルテシアの父親は口にした——……。

ミルデ族長は、浅黒く雪に焼けた肌に、黒い髪、黒い瞳の力は強かった。美丈夫と表現してもなんらさしつかえない。心奪われることはなかったけれど、アルテシアは人知れず思う。

剣を、交えることが出来たなら。まったく違う印象だったかもしれない。

目の前に立つは己の婚約者。

そして一族の宿敵である。

彼を前にして、一瞬だけ、アルテシアは今とは違う出会いを夢想した。

あるいはそれは、彼女の父親と、また彼の父親が抱いた思いをたどったにすぎないのかもしれない。

戯れのごとき思いは一瞬だった。打ち消すように、アルテシアは動いた。

腰にかけた剣を抜き、流れるような動作で膝をついて、その剣を差し出すように地に置いた。

背後では、侍女と近衛兵もまた、同じように剣を置いた。

男も女も変わりがない。これがフェルビエの一族の礼だった。

礼を尽くすと決めていた。最初から。

「――蛮族が」

アルテシアが頭を垂れる先で、ミルデの族長がそう吐き捨てたのが、アルテシアにはわかった。

火を焚かれた部屋の空気が一瞬で凍る。

しかしアルテシアはその顔色を変えることはなかった。

暴言など、覚悟のうちだ。

顔を上げ、視線を逸らさないアルテシアに、ミルデの族長は一体どのような感情を抱いたのか。

彼は唇の端だけを曲げて笑みのような形をつくり、鼓膜よりももっと奥を震わせる低い声で言った。

「我が名はオウガ。フェルビエの族長、名を」

名前など、知らぬわけがなかった。ただの儀礼だ。

それがわかっていたから、アルテシアもまた冷たい声で答えた。

「我が名はアルテシア」

「フェルビエのアルテシアよ！」

椅子から立ち上がり、オウガは咆吼のように叫んだ。

「貴様の誇りである剣を地に置き、この凶人に屈し、我が妻となる覚悟はあるのか」

肌に痛いほどの緊張が走る。

ミルデの族長、オウガは野獣のように、笑う。

「剣を取っても構わぬぞ、フェルビエの」

あまりにも露骨な、挑発だった。

盟約にのっとり、隊を成して輿入れのために来たフェルビエ。

そして迎え入れるミルデの、二つの部族の目前で。

剣を取れと、オウガは言う。

「ミルデの族長は」

対するアルテシアの声は、どこまでも冷たく、静かだった。

「フェルビエの別名をご存知でないと見える」

オウガの眉が動き、アルテシアを見下ろした。女性にしては長身のアルテシアより、まだ頭ひとつ分高い。

「私はフェルビエ。アルスバントの雪蟷螂。私が心から刃を向けるのは」

その視線を真っ向から受けて、アルテシアは言い放った。

「心から愛した男ひとりだということを」

凍りついた空気はより鋭さを増していた。

永遠にも似た沈黙のあとに。

「――……いいだろう、蛮族めが!!」

今度こそオウガは空気を震わす声で呵々大笑した。

そしてアルテシアの眼前まで進み、固い靴で彼女の剣を踏みつけてその美しいあごを取った。

「蛮族の族長に置かれたとはなるほど、険の立ちすぎる顔をしている。迎え入れようとも、我が妻よ」

愛で慈しむような優しい仕草ではなかった。

白い肌にあざが残りそうなほど、彼の指先にこめられた力は強かった。

まるでそう、憎しみのように。

「フェルビエの一族の者に、部屋を与え、宴の支度を!!」

そしてオウガはアルテシアを見下ろし、やはり獣のように笑った。

「お前の部屋は私と同じだ。異論はないな。――我が妻」

はらわたが煮え返る、ということ。

まさにこれだと、ルイは思った。

ミルデの歓迎の宴は盛大だった。しかしまさに嵐となった外のように、ぬくもりのないものだった。白々しく、茶番のような宴だ。

不快さが臓腑（ぞうふ）を焼きそうだ。

ルイは酔った男達の誘いを振り切り、廊下に出た。

（あの男）

息をつくたびに頭をよぎり、かんに障る。

ミルデの族長は、先入観を抜きにしても、否、先入観を抜くことなど出来はしないが、それを自覚してもなお、気安く看過出来ないほど不愉快な男だった。

彼はアルテシアを愛してなどいない。

愛情を強要するつもりもなかった。もとよりアルテシアにさえ、そんな望みはないことは、ルイもわかっているつもりだった。この婚礼は愛には基づかない。神にも背く行為なのかもしれない。

それでも戦だと、アルテシアは言った。

自分だけの、戦であると。

儀礼でしか剣を持てなかったルイだったけれど、この戦だけは力になれるのかもしれないと思っていた。――どこまでも限りなく、ひとりの女として。

しかし、やはりアルテシアは誰の手も借りずその身ひとつで戦地に赴いた。

(寝所が真実の意味で戦地であるなどと)

それ以上の地獄が、女にあるのだろうか。

長い長い、毛皮の敷かれた廊下の奥、その離れが、オウガの寝室。そして今は、アルテシアの寝室でもあった。

その部屋の重い扉をきっと睨(にら)みつけようとして、ルイは不意を突かれ、けげんな顔をした。

空気の冷たい廊下の隅、木から掘り出された不気味な像のすぐ隣で、やはり置物のように膝を抱えている男にルイは見覚えがあった。その陰気な姿はやすやすと忘れられるものではない。

「――……トーチカ?」

ひとりになりたかったが、見てしまったからにはそのまま見過ごすことは出来ない。いや、出来るかもしれないが、誰でもいいから八つ当たりをしてしまいたい気分だった。

膝を抱えた影は動かない。

その傍らに強い酒の瓶を見咎めて、ルイはけだるげに壁に肩を預け、「馬鹿ね」と呆れた呟きをもらす。胸をうずまく憎悪は、痛みと哀しみに形を変え、自分の身体の赤い血に染み入っていくようだ。

続く囁きは、母親のごとく優しく響いた。

「酒も飲めないくせに、本当に、馬鹿」

そしてルイは彼の隣に同じように膝を抱えて、視線の先にある小さな窓から、白い夜を見た。

ため息をついて、ルイは足下に倒れた酒を持ち上げ、瓶の口からそのままあおる。産んでくれた家族はなくしたが、自分も山脈に育った。酒への耐性はそれなりあるつもりだったが、こんな飲み方はしたことがない。自分でも驚くほど、不作法な仕草だった。

自分の胸の痛みを今更自覚して、ルイは目を閉じた。

「……今日くらいは、私も馬鹿になりたいわ」

山脈の夜は冷たく白い。今日はもう、風の音さえ消え入ったようだった。

「くつろぐがいい、フェルビエの」

言いながらオウガは傍らのテーブルに置かれた杯をあおった。

彼のあとを粛々とついてきたアルテシアは、扉の近くで立ちつくしたままだ。

「どうした、俺がくつろげと言っている」

ミルデの族長はその言葉を本気で言っているようだった。己の言葉が常に絶対であるなどと、ミルデ族の婚礼は皆そうなのか、それとも、オウガばかりのことなのか。アルテシアは心の中で毒づいたが、言葉にも顔色にもあらわれなかった。

「蠟で出来たような女だな、フェルビエ」

退屈さを隠しもせずに、オウガが言う。

「それともなんだ、怯えて声も出ないか。蛮族の族長と言うからには、どれほどの剛の者かと思えば、女々しい繊細さだけは持ちあわせているということか」

わかりやすい挑発であったが、アルテシアは答えない。

「——……興が乗らんな。そこに座れ」

示したのは部屋の中央に置かれた、シンプルな寝台だった。言われるままに腰をおろすアルテシアの動きは、優雅とはほど遠い機敏さだった。

「なにか、言ってみろ」

杯を傾けながら、ミルデの族長の命じるままに、アルテシアはその形のよい唇を開いた。

「北にある関所の開放を婚礼までに済ます必要がある。検問はもはや両族には不要だ。兵を立てる意味もなくなる」

「政治の話か」

　オウガは吐き捨てるように言い、鼻で笑った。

「寝所に政治を持ち込んで、なにが楽しい」

　アルテシアの答えは簡単だ。楽しむことに意味など見いだせなかった、それだけだ。けれどその答えは口にせず、彼女はまた蠟で封をしたように口を閉ざした。もとより答えなど期待していないのか、オウガは自身の言葉を止めない。

「フェルビエはずいぶん小さな馬車で来たものだな」

「二つ山を越えるためだけに、どれほどの兵がいると？」

　アルテシアの言葉の裏側を読んで、オウガは笑った。空気を震わす、低い声だった。

「それにしても、お前の側近はずいぶんお粗末なものだな。ミルデの兵でもあれほど覇気のない者はいない。フェルビエは女が豪傑なのかと思っていたが、男が腑抜けていただけか？」

　アルテシアは答えなかった。顔色を変えず反応も返さなかったが、心の中ではまったくだと頷いていた。オウガは答えを待たずに続ける。

「侍女だというあの娘は——お前の影だな」

わずかに、アルテシアの目元が動いた。その変化をオウガは見逃さなかった。

「俺が知らないとでも思ったか。先代のフェルビエはずいぶん過保護じゃあないか」

あざ笑うように言うと、オウガは目を細めた。

「婚礼にまで替え玉を使ってくれるかと思ったが、そうもいかなかったか。俺としてはあの女の方がまだ嗜好にあっているが」

隠す気もない、揶揄の響き。重ねるようにオウガは言った。

「それにしてもずいぶん子飼いにしたものだな、フェルビエの。あの替え玉の娘、俺を射殺さんばかりに睨んでいたぞ」

アルテシアの瞳が冷えていた。伏し目がちな瞳で、青く燃えるように射貫くその視線を、悪くないというようにオウガは笑う。杯から手を離し、立ち上がり、ゆるく波打つアルテシアの髪を一房手にした。

そして耳元に唇を寄せて、低く低く囁く。

「そうだ。――組み伏せるなら、気の強い方が楽しめる」

衝撃は一瞬。白いシーツに、アルテシアの長い銀の髪が、音を立てて広がる。

背に痛みは感じなかった。

目も閉じないままに両手首を寝所に縫いつけられて、唇を奪われる。

――無味だ。

アルテシアが思ったのはそれだけだった。

「抵抗をしてみろ」

薄暗い灯り(あか)は消されることはなかった。その中で笑いながら、オウガはなぶるように
アルテシアの首筋を噛んだ。

「どうした、雪蟷螂の名は飾りか」

服を裂くように肩を剝き出し(むだ)にされ、唇がたどる。その存在の重たさにアルテシアは
目を閉じる。

赤い花のように散る痕。

なぜか、恐怖は感じなかった。熱さえも。

閉じたまぶたの上に口づけが落ちた。その瞬間に、すべての動きが止まった。

「──それがお前の口づけか。フェルビエの」

オウガの声は笑みがにじみ、かすれていた。

ランプの灯りに照らされる、オウガの首筋にあてがわれたアルテシアの懐剣は、すで
に薄くその肌を裂いていた。

流れる血が、ナイフをたどり、アルテシアの指を濡(ぬ)らした。

そのあざやかさにも表情を変えることなく、アルテシアは言い放つ。

「いいや、ミルデの流儀にあわせただけだ」

答える彼女の急所にもまた、鋭いオウガの刃が狙いを定めている。

暗い熱情に隠れた殺気を、アルテシアは決して見逃さなかった。

「初夜に持ち出すにしては、野蛮すぎる一物だ」

互いの殺気を消さぬままアルテシアは冷たく言い、オウガは笑った。

「惜しいな」

愛おしむように深みのある言葉だった。

「フェルビエのアルテシア。お前は俺の想像よりも腹立たしく、愉快な女だった」

もう一度だけ、彼は彼女の名前を呼んで。

「だがここで死ね。蛮族フェルビエ」

宣言した。

「新たな戦のはじまりに。お前の首を、もらいうける」


トーチカの酒を飲み終えてしまうと、ルイは一度荷物を取りに部屋へと戻り、持参していた瓶とカップを指にかけて戻ってきた。白樺(しらかば)のこぶで出来たおおぶりのカップは、山脈の伝統的な工芸品で、酒をそそげば独特の木香が味わいを深める。

トーチカは相変わらず冷たい廊下の隅に膝を抱えてうずくまっている。その姿は寒さに怯える小さな子供のようだった。相変わらず手入れの行き届かない灰髪で表情は見えない。それは彼の無精ばかりが理由ではない、と知っている人間はどれほどいるだろう。

　自分と、それから。

（陛下も、きっと）

　息を吐きながら、ルイは少し熱のまわった脳で昔のことを思い出した。

　トーチカをはじめて見た時のこと。それは忘れがたい、ある種の戦慄だった。

新しい近衛兵長に名乗り出たのは若い男だと聞き、ルイは多方面で期待をした。その人間性。容貌。そして能力。彼はアルテシアを守り、そして時に自分も守るのだろう。胸を高鳴らせて紹介を受けたルイは、失望を通り越して絶望した。

　その表現がなんら誇張でないほど、期待を裏切るに十分な男だった。

　どこが若いのかさえわからなかった。男であるかどうかも、かろうじて判別出来るか出来ないかだった。

　戦士としての覇気はなく、アルテシアのそばに立ち、同じ空気を吸うことさえ冒瀆（ぼうとく）のように思えた。

　近衛兵になるために、幾人ものフェルビエを倒したという彼は、最後にアルテシアの前に立ち、そして当然のように、アルテシアは彼に剣を向けた。

　誰よりもフェルビエらしいフェルビエ。それがアルテシアだった。

しかし、トーチカはその剣を受けるどころか、アルテシアを前にして、額を地から離すことさえしなかった。

『……剣を取らないか』

流石のアルテシアも腹を立てたのだろうか。静かに尋ねていたことを覚えている。

トーチカはくぐもった、聞き取りにくい声で。

『貴方様に、向ける剣は、持ち合わせておりません……。貴方様の剣は、いつ、いかなる時も、わたくしの、皮と肉。血と骨にて、受けさせて、頂きます……』

その時はルイはアルテシアの後方にいたものだから、アルテシアがどんな顔をしていたのかわからない。

彼女はなにも答えなかった。

刀をおさめ、地を這うトーチカの隣を毅然と歩き去りながら、言葉をひとつ落としていった。

『フェルビエの血は、剣の錆にするには惜しい。大切に扱え』

彼はそのまま祈りでも捧げるように額を地につけて、決して顔を上げることはなかった。

あの男、泣いているのかもしれないと、ルイの感想は、それひとつ。

それから彼はアルテシアの、同時にルイの傍らに立つこととなった。

彼が剣を振るうのはアルテシアの身に危険が及んだ時だけ。力を競いあうような場所には出てこないため、その実力は測れなかったが、気配を消すことには長けていた。決して音を立てることはなく、まして言葉を発することもなく。

多くの人間が彼を空気のように意識しなくなり、それはルイもまた同じだった。けれどしばらくしたのち、はじめて彼がルイに話しかけたことがあった。

アルテシアのいない、屋敷の中だった。

背後に立ったトーチカはぼそぼそとうめきのような声で。

『なぜ……』

耳障りなかすれた声だった。ルイは軽蔑するようにちらりと視線だけを流した。トーチカはその冷たさに腰を引きながら、低くつなげた。

『……なぜ、アルテシア様のことを、陛下と……？』

片眉だけをぴんと上げて、ルイは黙した。

答える義理はなかったし、これまで誰にも語ったことのないことだった。

ルイの中に答えはあったが、それはルイだけの答えであって、他人と共有したいものではなかったからだ。

だからなぜその時答えが口をついて出てきたのか。今でもはっきりと理由はわからない。

どうせ理解されることはないと、思ったからかもしれない。

あるいは――。

『あの方が私の唯一の主だからよ』

ルイはまっすぐ前を見て、にこりとも笑わず言い放った。

『一族だからとか、助けてもらったとか、そんなことは関係ない。あの方は私達の族長ではないの。私だけの、女王陛下よ』

口を開けば、トーチカに向けた言葉にさえならなかった。心に決めた言葉は、ルイ自身によく響いた。

そしてトーチカに目を向ければ、トーチカは怯えることはなく、媚びるように笑うこともなく、静かに息を吐きながら頷いた。

『素晴らしい』

その呟きが、あまりに深かったから。

わかってしまったのだ。

この男は、人間として、男性として、様々な欠陥を持っている。

けれど、アルテシアに対する忠誠だけは。

これまで見てきたどんなフェルビエの戦士よりも、純粋に、強く、そう、ルイに近かった。

そして彼と彼女は、同士になったのだ。

酒の瓶を揺らしながら、昔のことを思い出して、ルイはやはり憤懣やるかたない、そんな顔だった。

「……そんなに沈むくらいなら、ここまで来なければよかったのよ」

隣ではトーチカが置物のように俯いて、呼吸さえ聞こえない。

ルイの機嫌は酒精を入れてますます悪くなるばかりで、トーチカを八つ当たりの道具にしていることはわかっていたが、だからなんだと言葉を続ける。

「それか、思いを告げて、さらって逃げればよかった。そうして、陛下に八つ裂きにされればよかったのよ……」

酒で唇のすべりをよくし、言葉をつなげればつなげるほど、詮のないことだと自分で思った。

トーチカを責めるふりをして、結局は自責の言葉でしかないのではないか。

なじられたトーチカは答えずに、また酒の瓶をあおりながら、

「ルイ様こそ……」

と、信じられないことだが、反論してみせた。

ルイが振り返ると、トーチカは抱えた自分の膝に額をつけて、冬を越す獣のように丸くなったままでぼそぼそと言った。

「……今頃、何人の男が、泣いているか……」

「あら」

ルイは頬に指をあてて、まばたきをしてみせた。

そして小さな微笑みをこぼし。

「だったら、嬉(うれ)しいわ」

その言葉は軽口でも自慢でも強がりでもなかった。だからこそトーチカからは、珍しく短いため息のような音がもれていた。

それはあるいは、ルイに想いを寄せるフェルビエの男達の代わりの嘆息だったのかもしれない。

美しく儚(はかな)げに微笑む、その表情に幾多のフェルビエの男が落ちたことだろう。

男遊びはルイの生来の性分で、背徳と呼ぶにはあまりに軽やかだった。屈強な戦士も勤勉な学者も、働き者の料理人も、誰もが彼女に夢中になる理由は、その外見的な美しさだけではないのだろう。

いつだって、心を寄せるのは彼女が先なのだ。

楽しむように異性を想い、微笑みを投げかけ、時に自らの織ったハンカチを差し出した。けれど彼女はただひとつ、「雪蟷螂」と呼ばれるフェルビエの女とは違っていた。

やがて男が彼女に想いを寄せ始める頃、あるいは幸福に満ち手をあわせ始めるに従って。

　ルイは寄せた波が沖に返るように、静かに身を引いていくのだった。

　彼女のことを悪女と呼ぶ向きもあったが、彼女自身のささやかな倫理観によって、「相手のいる男」に惚れることがなく、またその恋の断片は想い相手にしか伝わらないほどひそやかなものであったがために、表だって彼女を糾弾する者はいなかった。

　素行をなじるにはルイは有能で、もちろん主であるアルテシアに迷惑がかかるようなことは一度たりともなかった。そしてまた、アルテシアはその軽やかささえ容認していた向きもある。

　だから彼女のことを心の底から悪女だと思っているのは、多分ただひとり、彼女自身だけだった。

「覚えていてもらえるのなら、幸福ね」

　夢見るように、言葉を紡ぐ。

「――でも、誰も、私をさらってくれやしなかったけど」

　そんな望みなどもったことは一度たりもありはしないのに、ルイはそう呟いた。

「……ルイ様？」

　顔を上げてトーチカが尋ねる。

「冗談よ」

とそう、微笑みながら返した、その時だった。

ガシャン、と座り込んだ地面に響く重い音を聞いた、気がした。

空耳でも聞いたかと耳を澄ませたルイは、また数度、なにかが倒れるような音、そして割れるような音——。

どれも小さく、くぐもっていたが、確かに、した。

不穏な音の鳴った方向に、ルイが首を回す。

その時にはもう、隣のトーチカはばねのように立ち上がっていた。彼が転がるように走り出した先にある扉に、ルイは慌てて悲鳴のような声を上げる。

「トーチカ……!!」

いけない、駄目だとルイは言おうとした。

しかしルイの言葉はきっとトーチカには届かない。彼女もまた持っていたカップを捨て、トーチカのあとを追う。もつれる足では、驚くほど俊敏な動きをするトーチカと間が開いた。

視界の先でトーチカは厚い扉に耳をつけ、叩きつけるような乱暴なノックを数度。

「トーチカ、なにを——!」

気でも違えたかとルイがその肩をつかもうとするが、肩に指先が届く前に、トーチカは鍵のかからないそこへ転がり込んでいた。

そう、あろうことか、ミルデの族長、その寝室へ。

薄い灯り、中にはアルテシアとオウガがいるはずだった。まさにこの夜にここまでの無礼を働いて、トーチカが無事で済むはずがない。それどころか、ことによってはこの婚礼自体が泡となるかもしれない。

そんなことにでもなれば、二つの部族は、なによりアルテシアは——。

絶望的な気分で扉にすがり、中に踏み込んだルイは息を止めた。

筋肉の末端まで凍りついたように動かない。

雪。

まず最初の瞬間そう思った。

寝室に散乱する白いものが、舞い上がる雪のようにルイには思われた。しかしそれはただの幻覚で、もっと柔らかで大きく軽い、鳥の羽だった。

引き裂かれた寝具。

倒れたテーブル、割れた飾りグラス。

トーチカの銀の刃がささやかな灯りを受けて鈍く輝いていた。彼の刃はフェルビエには珍しい短刀だった。戦場以外で滅多に見せることのない彼の指は長さが揃（そろ）っていない。まだ手が育ちきる前に、冷たさに神経を屠（ほふ）られたせいだ。異形の手に一体化するようにくくられた刃。

その刃を受けているのはミルデの族長だった。しかし彼よりも先に、ルイの視界を奪ったのは、その足下に倒れた美しい肢体。

彼女の主。フェルビエのアルテシア。

散った赤い色。彩るように地に落ちた一房の銀の髪。

「——……!!」

息を吸い、止め、そして、彼女が絶叫せんとしたその時。

「ルイ」

静かな呼び声が耳を打った。

「ルイ。鎮まれ。扉を閉めろ」

ゆっくりと地についた身体を持ち上げ、低く囁くように言ったのはアルテシアだった。

首筋に薄く傷を負っていたが、血は止まりかけている。

片頬にかかる髪が他とは不揃いで無惨だった。

乱れた夜着を直そうともせずに、今度は頭上で剣を交わす二人の男を見上げ、

「トーチカ」

アルテシアは自分の婚約者ではなく近衛兵の名を呼んだ。

トーチカは歯を強く噛み合わせ、剣を持つ腕に力を込めている。

その肩は微動だにせず、息をすることさえ忘れているのだろう。対するオウガも短剣

で刃を受けながら、相手の動きをうかがっていた。

剣をおさめる様子のない両者に、アルテシアはため息をついて。

「トーチカ。私の声が、聞こえないか」

もう一度、言葉を重ねた。

「剣をおさめて、私の後ろにひかえろ。いつまで私を、倒れたままにしておく気だ」

その言葉に、トーチカが歯をきしませ、オウガの剣をはじいた。

乱暴な動作にオウガは唇を歪ませて笑い、トーチカがアルテシアを助け起こす様を見下ろした。

「よく調教の出来た犬だ」

その時に至って、ルイは自分もまたずいぶんと長く息を止めていたことに気づき、薄く長く息を吐きながら、そっと後ろ手に扉を閉め、アルテシアの背後に忍び寄った。

オウガはルイを視界に入れ、嘲笑の色をにじませる。

畏れは感じなかった。

ただ、アルテシアの白い肌についた薄い傷を見るにつけて。

（殺してやりたい）

邪視なるものが存在し、視線だけで相手を呪えるのならとルイは思った。

自分の上着をアルテシアにかけると、アルテシアはそれを受け取った。トーチカは俯いてアルテシアの背後にひかえている。小刻みに震える拳が、彼の激情をわずかに物語っていた。

ルイもまた、このまま引くつもりはなかった。

「──釈明を。ミルデ族長」

怒りに震える声で、ルイは言葉を絞り出した。

オウガはアルテシアの婚約者だ。死した両者の父親がそう決め、アルテシアがそれを受け入れたのだから、ルイは反論する手だてをもたない。

けれどオウガはアルテシアに手をかけた。

言い逃れなど聞かないとルイの心は燃えていた。

三人を前にして、ミルデの族長は鷹揚に佇み、「初夜にとんだ邪魔が入ったものだ」とわざとらしいため息をついてみせた。

青ざめたルイの顔が強く歪められる。

「この──」

「下がれ、ルイ」

思わず口をついて出そうになった言葉を遮るように、アルテシアの低い声がかかった。

「陛下、でも……！」

アルテシアはその薄い色のまつげを伏せて、ルイの傍らから一歩踏み出した。

す。
アルテシアの横顔に怒りはにじんでいなかった。無防備ともいえる落ち着きで歩み出
その口調は静かだったが、それゆえルイは自分の行きすぎに気づいた。
「私がいいと言っている」

寝台から降りたばかりの足は裸足だった。

かかとは嘘のように青白い。

「戯れであったというなら私の方から謝罪しよう。私も、興が乗ってしまった」

その言葉に、アルテシアが事態をおさめるつもりなのだとルイにはわかり、焦燥に胸
が焦がれた。あのように女が血を流すような戯れなどあるはずがない。

トーチカもまた、握った拳により強い力をこめたのが、空気の震えでわかった。

しかしオウガはその言葉に吐き捨てるような笑いで答えた。

「いいや？　俺ははじめからお前を組み敷いて、殺すつもりだった」

愉快な予定を話すような口ぶりで、彼は言ってのけた。

「今もそうだ。フェルビエの族長どの。仕切り直すか。それともそこの」

トーチカをあごで示す。

「忠犬の近衛兵が先に相手になるか？」

「鍛錬の相手なら、いくらでも」

あくまで静かに返すアルテシアに、オウガはついに嘲笑以外の表情を見せた。

「平和主義を気取るのかと思えば、蛮族の血気だけはあるということか。豪傑なのか、阿呆なのかわからんな」

呆れ顔でそばにあった椅子を蹴り上げ直し、乱暴な動作で座ると「俺の興はそがれた」と吐き捨てた。

「真剣を取らぬというのなら、フェルビエに逃げ帰れ。雪蟷螂の女族長。お前の首をここで氷雪に晒し、開戦の狼煙としてやるつもりだったが、お前の剛気さに免じて見逃してやる。俺はお前の髪を切り、肌に刃を入れた。このミルデの族長オウガ自ら、だ。十分だろう。一族郎党引き連れて、正面切って戦にくるがいい」

「婚礼を破談にすると？」

「まだそんな呆けたことを言うつもりか」

オウガはもう笑ってはいなかった。

「開戦だ。戦をする気がないというのならば——」

低い声と、暗い瞳。

「侵略と蹂躙だ。山脈にその血を晒せ。フェルビエの野蛮人ども」

アルテシアにとって、血は白粉よりもなじみの深い香りだった。オウガと最初に目をあわせた時から感じていた。それはまるで誘うようにあからさまな殺気であったものだから、アルテシアの身体は向けられた刃に対して条件反射のごとく動いていた。

寝所に懐剣を持ち込んだのは展開を見越したわけではなく、ただの習慣だった。しかしトーチカに廊下で待機を命じたのは、それなりの予感があったからだった。

寝所へ、いつでも踏み込んでこられる用意をしていろと、皆まで待たずトーチカは首肯した。

いつもよりも口数の少ないトーチカに、『方法は任せる。気に留めていてもらえばいい』とだけアルテシアは言った。トーチカの気持ちは、あえて汲まないつもりだった。

彼女の懸念は果たして現実となり、オウガはアルテシアに刃を向けた。なんら突然ではない、とアルテシアは思った。

予告のように殺意を向けられていたのだから、交渉と勝負はその先だと思っていた。オウガがアルテシアを愛することがなくとも、よしんば憎んでいても、婚礼だけは果たさねばならない。

殺されるわけにはいかないし、ましてや殺すわけにもいかない。

これは、そういう形の戦だった。

「ミルデのオウガ」

決して激昂することのない声で静かにアルテシアは言った。

「この婚礼は私の意思ではない。同時にまた、貴君の意思でもない」

アルテシアの言葉はただの確認だ。わかりきったことだ。

「しかし、反故には出来ない。かつて私の父、そして貴君の父が、血と血でもって交わした和平の約定だ。貴君は、尊き先代の顔に泥を塗るつもりか」

情に訴えるつもりなど毛頭なかった。

アルテシアはオウガの誇りに問うた。

「戦の終結。それはミルデにしても、先代の悲願のはずだ」

「確かに」

オウガは頷いた。

「この婚礼は先代の悲願だった」

しかし彼の言葉は、もはや過去を語る口調だった。

「だが、時代も人も時とともに移ろうことしかり。俺もお前も、先代ではない」

「私と貴君の話をしたつもりはない」

遮るように、けれど静かに、アルテシアは言葉を重ねた。

「先代を貶めるつもりか」

「——先代を、貶める？」

こらえきれないというように、オウガは笑った。

「まさかフェルビエの口からそんな言葉を聞けるとは思わなかったな」

乾いた笑いと、侮蔑の視線。そしてはなたれる言葉は、静かな怒り。

「——ミルデの誇りを蹂躙した、蛮族どもの口から」

思いもよらない言葉に、アルテシアが眉を顰めた。確かにフェルビエとミルデの対立は一朝一夕のものではない。けれど彼の言葉は歴史上の確執を指すようなものではなかった。

「どういうことだ」

正面切ってアルテシアは尋ねた。オウガの眼球が動き、アルテシアを射貫く。

「まだ白を切るつもりか」

いいだろう、とオウガは頷く。

立ち上がり、部屋の奥、厚い布のかけられた棚に歩み寄ると、オウガは布を引いた。

（——……？）

不思議な強い香がたちのぼった。

アルテシアが目を細める。薄闇の向こうに見えるそれは、大きな祭壇に飾られた——。

（人形？）

オウガが傍らの灯りに手を入れ、辺りの明るさが増す。

「紹介しよう」

戯れのような口調で、けれど暗く澱んだ声色で。

「俺の母親だ」

オウガはそう言った。

息を呑んだのは背後にひかえたルイだった。悲鳴を呑み込むような気配があった。トーチカの息づかいも一瞬、消えた。

オウガが寝所にあらわしたのは、確かに彼の母親だった。祭壇にまつられた、美しい女の装束。小柄な肢体。しかしその頭部にあったのは。

――もはや美しさなど見る影もない、死人の顔だった。

「ミルデの現人神」

かすれた呟きが、口をついて出た。

蛮族フェルビエとミルデがフェルビエをなじる時、フェルビエもまた、ミルデを蔑み彼らをこう言う。

「邪教信仰のミルデ」と。

呪いと祈禱を多く執り行う彼らの特殊な信仰は、人間の死後により強くあらわれた。

彼らは近しい人間、愛した人間、尊ぶ人間が死に倒れた時、その肉体を神の依代とするために、つちかわれた特殊な技術でもって死体を保存する。生きた時間よりも永らえる、それは神の宿る木乃伊（みいら）。祭壇を与え、彼らは木乃伊となったその死後を『永遠生』と呼んだ。かつてミルデとフェルビエの戦でも、彼らは勇敢に戦い散った戦友の首を切り落とし、持ち帰ったという。

人体は完全な形で永遠生の依代となることが好ましいが、叶（かな）わぬ時は首だけでも彼らの生きた証を残そうとするのだ。

自らの仲間の死体の首を切る。その姿はまるで死神のようだったと、フェルビエの戦士はのちに語った。

蔑視するつもりは、アルテシアにはなかった。受け入れなければならないと思っていた。受け入れることは出来なくとも、理解はしなくてはいけない。理解は出来なくとも、そこにある、ということを認めねばならない。

そうでなくては、二つの異なる文化をもつ一族が、ともに歩むことなど出来ないはずだった。

はじめて見るミルデの「永遠生」は、奇妙な実存としてフェルビエの族長、アルテシアに迫った。

美しくはなかった。

けれどただの、死した抜け殻とも思えなかった。

あるいはそれはミルデの信仰がそうさせるのかもしれなかったが、確かにそれはひとつの、神の形であるような気がした。

「俺も死ねばこの姿を得るだろう」

オウガは静かにそう語った。永遠生を信仰するミルデにとって、死は消失ではなかった。それはひとつのはじまり。神となり、新しい段階において子々孫々を見守る。

「ミルデ族長の永遠生は絶対だ。代々の身体はミルデの守り神として永遠にまつられる」

しかし、先代はそうはならなかった、とオウガは静かに語った。

「ガルヤの永遠生は穢された」

どういう意味かと、アルテシアは強い視線で続きを促す。

ガルヤとはミルデの先代の名。かつてアルテシアの父親と剣を交えた、オウガの父親の名前である。

オウガは感情を消した声で、静かに事実だけを語った。

「十日前、ガルヤの祭壇に賊が入った」

こくりと、誰かの唾を飲む音が耳に聞こえた。

「その賊は、先代の首を持ち去ったのだ」

オウガが笑った。

怒りとも、蔑みともつかない笑いだった。

「この意味がわかるか。蛮族フェルビエ。俺は、俺達は、この暴虐を、許すことは出来ない」

アルテシアは、心を落ち着けるように、息を吸い、吐いた。

「――その賊が、フェルビエの手のものであると？」

雪の夜の静けさを保ちながら、アルテシアは問いかけた。

「他になにがある？」

「言いがかりです！」

声を上げたのはルイだった。

畏れ知らずのアルテシアの影は、決して退くことなくオウガに嚙みついた。

「どこにそんな証拠がありますか⁉」

「証拠？　そんなものが必要か？　替え玉の娘」

オウガは獣の笑みで、吐き捨てた。

「今、この時に、ミルデの永遠生を穢す輩があらわれ、それがフェルビエではないと誰が言い切れる！　証拠など必要ない。ガルヤの永遠生の冒瀆を知ったミルデの民は、フェルビエの蛮族を決して許さぬ。この婚姻は、ガルヤの悲願あってこそだ」

アルテシアは視線を逸らすように目を伏せた。

そう、証拠など必要ないとアルテシアも思った。今この時であったということが証拠になるだろう。代々にわたる確執をほどき、歩み寄るこの時に。

永遠生への冒瀆は、誰の手によるものであろうと、ミルデの民意を逆上させるに足るものだ。

「ガルヤの怒りは、ミルデの民にこう告げている。——フェルビエを滅ぼせと」

ミルデとフェルビエは今確かに歩み寄ろうとしている。しかしその両の手にはまだ刃が握られているのだろう。潮が満ちるようにじりじりと近づき、手を取りあう段になって、ようやくその刃を地に置くのだ。

今この時に、ミルデが逆上すれば、交わるのは手と手ではない。

刃と刃であり、血と血である。

山脈の雪はまた赤く染まるだろう。

繰り返される戦。しかしそこに散る血は、生命は、決して繰り返すことはない。

フェルビエの民には、死の向こうに訪れる永遠などないのだ。

馬鹿げているとアルテシアは思うのに、言葉にならなかった。

こんな開戦は馬鹿げている。

互いの族長が刃の届く距離にありながら、むざむざ別れて、互いの部族を戦の駒に使えというのか。

決着をつけるというのなら今、ここで。

（違う）

振り切るように自分の思考を止めた。正さねばならないのはそこではない。私の役目は違うと、アルテシアはわかっているのに、考えがまとまらなかった。

「なにを躊躇うことがある」

アルテシアの迷いを読み取ったように、静かに問いかけてきたのはオウガだった。笑みさえ浮かべて、彼は言った。

「寝所にまで刃を離さぬ雪蟷螂の申し子よ。再びの戦に、お前の心は沸いているのではないか。蛮族フェルビエ」

違うのかと問いかける。

アルテシアはまぶたをおろした。胸の奥がくすぶるように疼（うず）いている。

この疼きは、否定することなど出来ない、興奮と高揚ではないか。

戦えと、胸の奥から歌う声がする。

――この熱が我が命。

子守歌よりも染み入る、彼女の一族の戦うた。しかしその歌を打ち消すように、聞こえたのは、小さく静かな、問いかけだった。

（春は、美しいですか）

父の言葉でも一族の言葉でもない。自分自身のかすかな声だ。

アルテシアは美しいまつげを震わせ、まぶたを上げる。

「剣は捨てない。蛮族の誹りは甘んじて受ける」

戦の民として生まれた、この生き方は捨てようがない。

「けれど、いたずらに互いの血を流しあう時代は終わった。私達は、山脈の民として手を取りあわねばならない。やがて来る変化のために。この地を守り、すべての山の民の誇りを守るために、互いの血を互いの血で洗うような無為は、もう止めねばならない。そのための、婚礼であり、私はそのために、貴君の妻になりにきた」

朗々と語る、アルテシアの言葉は威厳に満ちていた。

大局を見据えねばならないのだと、彼女の父親は言っていた。いつか来る時代、外界とも下界とも呼ばれる、山脈の下に広がる国々。その国々が、いつ山脈を取り込まんと牙を剝くのか。そうはならないとしても、自分達の誇りを守り、共存していくためには、争いに衰弱した弱々しい部族では駄目なのだ。

しかしオウガは「自己犠牲の美談に涙が出そうだ」とわざとらしく肩をすくめてみせた。

「手を取りあう必要などない、と言ったら？」

「貴君の父上はそうは言わなかった」

アルテシアの父は聡明で、ミルデの族長もまた、等しく聡明であったのだろう。彼らは、いつか来る未来のことを考えていた。だからこそ、迎えることが出来た婚礼のはずだと、アルテシアは思っている。

「その首を奪った――」

「首が戻れば」

オウガの言葉を遮るように、アルテシアが言葉を重ねる。

「婚礼を進めてもらえるのか」

背後にひかえた二人が驚いたようにアルテシアを見たのがわかった。

オウガの顔が暗い笑みに歪む。

「許し乞いか、ミルデ族長の首を賭け、脅迫でもする気か」

その言葉は強い糾弾だった。

アルテシアは視線を逸らさない。

「私は、フェルビエのアルテシア。この血の誇りにかけて、貴君に嘘はつかない」

賊に奪われたとされる前族長の首を、取り戻してみせるとアルテシアは言った。

「私には手がかりひとつない。だが必ず成してみせる。恩を売るつもりはない。貴君の妻として、ガルヤの首を取り戻し、真実を明らかにしよう」

静かな声で付け足した。

「私にも、義父上となる方だ」

その段に至り、オウガが不意を突かれたような、不可解な顔をした。猛々しい気に覆われた彼が、はじめて見せた素の表情だった。

「……本気で言っているのか」

「嘘はつかない」

アルテシアは誓いの言葉のように繰り返した。オウガは不愉快げに舌打ちをする。

「フェルビエの人間がつかまったのならどうする。一体どう責任を取るつもりだ」

「その者を私の手で裁く」

それはないと、かばうことはしなかった。本当に賊が入ったというのなら、その犯人は、フェルビエの人間である可能性も、ミルデの人間である可能性も、またそれ以外の者である可能性も、どれも同程度にあるとアルテシアは思った。

「その程度で済むと思うのか」

ふざけるなと詰問するオウガに、アルテシアは静かに目を伏せた。

「フェルビエの民は、私の民であり、貴君の民だ」

沈黙がおりた。アルテシアは決して引くことはなかった。長い沈黙のあとに、音を立てて息を吐いたのは、オウガの方だった。

「それで俺を納得させせられるというのなら、やってみるがいい」

続く呟きは呆れたため息混じりで、フェルビエの女は常軌を逸している、という意味のことを、美しくない言葉で言った。

「ガルヤは今、どこに」

オウガの部屋にまつられていたのは彼の母親ひとりきりのようだった。オウガは視線を逸らすと、

「ついてこい」

返事は聞かなかった。身体を反転させて、羽の散った部屋から出ていった。

躊躇うことなくアルテシアはそのあとに続き、またルイもトーチカも粛々と歩を進めた。

いつの間にか夜も更けきり、宴の声も静かになっていた。

火種がじりじりと燃える音がしている。四人が向かったのは、屋敷の地下室だった。

地下室の床と壁にはびっしりと凍土と石が敷かれ、やはり独特の香がした。外の空気よりもなお冷たく、喉の痛みを覚えるほどだった。

幾重にも封をされた扉。

オウガが胸元から小さな鍵を取り出し、その鍵を重たい錠に差し込むと、きしんだ音を立てて、金属の扉が開く。

「ようこそフェルビエの民よ。ここがミルデの、神の間である」

橙(だいだい)の灯りが辺りを照らす。

誰ともなく喉を鳴らす音が、大きく響いた。

壁にはりつけられた人の形。豪奢な衣装と、それぞれの冠。そして露出されたその頭部。

落ちくぼんだ目の穴。剝き出しの歯は朽ちた色。ひとつひとつが違う面立ちであったが、眺め比べる気にはなれなかった。

「ここに鎮座すは代々のミルデの族長のみ。いずれは俺もここに連なる」

あるいはお前もここに残るかと、唇を曲げて笑いながらオウガが尋ねた。アルテシアはそれには答えず、まっすぐに一番奥を見る。

「これが……」

「ああ、そうだ」

一番奥、一際豪奢で、そして並ぶ装束の中で一番新しい外套をかけられた人型があった。

「ミルデ族長……ガルヤ」

頭部の抜き取られた人型は、こうして見るとただの服の詰め物のようだった。輝きを失わない冠だけが、名残のように首根の上に載っている。

目をひいたのは、木乃伊となった彼が胸に抱くひからびた皮と骨。五本の形に、それが人間の腕であることがかろうじてわかった。

「……この、腕は」

問うより先に、ガルヤが唇を曲げて笑った。

「戦果だ。本来なら、お前の父親の首を抱くはずだった」

挑発にしては投げやりな言い方だった。

アルテシアはその細い手首に、深く合点した。

戦果。ミルデ族長ガルヤが生前にあげた、一番の戦の宝。それは、フェルビエの中でも、人々の指揮をとる戦士の長たるもの。

先のフェルビエ族長の実妹にして、アルテシアの叔母、今は病に伏せるかつての戦士、ロージアの腕だった。

曲がりなりにも彼女を剣の師とするアルテシアにとって、彼女から一本の腕、一本の刀を奪った相手の姿は苦々しさを覚えた。また同時に、彼がこうして死後まで彼女の腕を戦果として持ち続けているということは、彼女がどれほど素晴らしい戦士であったのかを物語っているようでもあった。

ロージアは大使としてこの館へ何度も訪れ、オウガとも会ったことだろう。しかしオウガはそのことには触れず、言葉をつないだ。

「特別な式典でもなければ、ミルデの民であろうとこの部屋には出入りすることは出来ない。お前との婚礼に、先代の永遠生は参列するはずだった。鍵は俺が身につけている。壊された様子もない」

それではやはり、フェルビエが侵入したという確証はないのだ。もちろん、オウガにしてみれば、確証などあってもなくても同じことなのだろう。

「賊はいつ」

「ひとつきから、ふたつきまでの間だ」

ずいぶん日が経っている。

「捜索はしなかったのか」

「しなかったと思うか？」

オウガの言葉は剣呑(けんのん)だったが、その声に重圧はなかった。ため息とともに肩をすくめる。

「信用の出来る人間に調べさせたが、手がかりはない。永遠生を存続させるための技術は、ミルデの中でも特殊な呪術師しかもたない。あるいはもう、どこかで焼かれているのかもしれないな」

淡々とした物言いだった。それがアルテシアには不可思議に思えた。

彼にとっては父親であり、信仰対象のはずだ。それがこうも貶められているというのに、オウガの怒りはどこか淡泊で他人事だった。

他のすべてを憎む態度をとる一方で、すべてがまるでどうでもいいことのようだ。

「お前の探すものは、もうこの世にないかもしれない。それでもまだ、賊を捜すというのか？　フェルビエの族長どの」

アルテシアはしばらく沈黙していたが、やがて静かに薄い唇を開いた。

「捜索をしたと言ったが。……盟約の魔女のもとは訪ねたのか」

その言葉に、オウガの眉が跳ねた。思いもよらない言葉を聞いた顔だった。しかしアルテシアからしてみれば、その驚きこそ意外だった。

「彼女ならば、わかることがあるかもしれない」

盟約の魔女とは、山脈に暮らすひとりの隠者の呼び名だった。いつの頃から住み着いているかはわからない。どの一族とも一線を画し、自在に魔術を使うとされる彼女を、山脈の人間は畏怖を込めて「魔女」と呼ぶ。

この山脈では、悪事を働く子供に親が囁く台詞(せりふ)がある。『いい子にしていないと、魔女の谷へ捨てに行くぞ』というその言葉を聞いたことのない子供はいないだろう。まるで伝承のような存在だ。

しかし決して言い伝えだけの人物でないことを、アルテシアとオウガは知っている。

「馬鹿をいえ。魔女の谷はここから雪馬車を走らせても三日はかかる場所だ」

「しかし彼女は千里を見通す目をもつとされる」

重ねた言葉に、オウガは渋面のまま首を振った。

「俺は魔女など、信じてはいない」

「だが、二人の先代は信じていた」

かつてフェルビエとミルデが争いを終結させるため、婚礼の約定を交わした。その立ち会いとなったのが、山脈の魔女その人だった。

完全なる中立の存在である山脈の魔女はその約定に立ち会い、彼女は山脈においてこうも呼ばれるようになった。

盟約の魔女。

直接に会ったことはなかったが、アルテシアとオウガにとっても、浅からぬ縁のある人物だ。

「トーチカ、すぐに私の用意を」

間髪入れずアルテシアが指示すると、やはりトーチカも返事とともにすぐさま動く。

オウガは今度は不可解さを隠しもせずに、「お前が行くのか」と呟いた。

「それが私の誠意だ」

「蛮族の阿呆は真性か」

オウガの言葉はあざけりではなく、苛立ちたしなめるような響きを帯びていた。

「嫁入りをひかえた娘が、魔獣の巣くうとされる魔女の谷へか。俺がこの冒瀆を民に広める前に、フェルビエ自らこの事件を吹聴する気か。それにどうだ、お前がこのままフェルビエに戻り、大挙をなして攻めてこないという保証が、一体どこにある？」

アルテシアはまばたきをした。そうか、と思った。

――そうか、ミルデの人間達にはまだ、フェルビエ侵攻の意志はないのか。

「ならば」とアルテシアは剣を取り、

「私は今より出自をなくす」

自らの首の後ろに手を入れ、銀の髪を握りしめると、懐剣を思い切りよく横に引く。

「陛下――!?」

ルイの悲鳴のような呼び声の中、不格好な音を立てて、アルテシアの銀の髪がちぎれるように地に落ちた。オウガにより一房切られたとはいえ、美しく長い髪はこの山でも女の象徴だ。啞然（あぜん）とするオウガ。この世の終わりのように真っ青になったルイ。戻ってきたトーチカも、あごが外れたように立ちつくした。

長い飾りをなくした頭は、思うよりもずいぶん軽く感じられて、いっそすがすがしかった。

「トーチカ。私の兜（かぶと）を」

「は、は……」

トーチカは開いたままの口で固まっている。その手から荷をはぎ、鉄の兜と鎧をまとった。

短い髪は収まりきらなかったが、アルテシアの長い髪は有名だ。フェルビエの集落に向かったとしても隠しきれるだろうとアルテシアは思った。

その姿を呆けたように見ていたオウガだが、不満をあらわに怒号を上げた。

「そんなことで済むと思うのか！　ここでお前の不在を俺に隠し通せと……」

言葉は中途に止まる。彼も思い当たったのだと、アルテシアは感じ取った。

「——出来るな？」

振り返らずに、アルテシアは言った。

暴君のような言葉だと、心のどこかで自分をなじる。

自由をと、一度は囁いておきながら。

衣擦れの音がした。跪いたのだと、気配だけでアルテシアにはわかった。

そうして震えることも迷うこともない声で、アルテシアの身代わりは静かに言うのだ。

「——陛下の仰せのままに」

戦は二十日。半身のような少女を人質に差し出し、アルテシアの戦は、歌う者もなく静かにはじまった。

アルテシアを見送るために、ルイはトーチカとともに、屋敷の外へと出た。

美しい銀の髪が引き裂かれ地に落ちた時、絶望とはこのことかとルイは思った。それほどに打ちひしがれ、目の前が暗くなるほどだった。

これが誠意だと、アルテシアは言った。

あの美しい髪を断つ誠意になんの意味があるのかとルイは思ったが、彼女の覚悟は自分の覚悟だと、ルイは自然に膝をついた。

いかなる時もアルテシアの思考をなぞる癖がついていたから、当然のことだと思った。

アルテシアを送り出し、人質のようにミルデのもとに残ることに、ルイはなんの躊躇いももたなかった。

むしろ、そのために、自分はここまで来たのだと思った。

髪をほどいて召し物を替える。それだけで、威厳を身にまとうルイを、ミルデの族長オウガは感嘆とも呆れともつかないため息で迎えた。

「女は化ける」

ルイは静かにオウガを見据えた。彼女の魂はもはやフェルビエの族長と等しかったから、憎むように睨みつけるわけにはいかなかった。

妙な男だと、冷めた気持ちでオウガを見たルイは思った。

敬愛する主君を奪う婚約者ではなく、自らの結婚相手だと思うと、実に不可思議な男だった。

彼は一体どうしたいのだろう。

この婚礼を。アルテシアを。先代の思いを。そして二つの部族の未来を。

それを見極めることもまた、自分の役目なのかもしれないと、ルイは思った。

「留守を頼む」

雪馬車を停めた勝手口で、アルテシアがルイに囁いた。彼女はもう、戦装束を身にまとっていた。その背がルイを振り返り、仮面の下から彼女を見た。

「苦難ばかりを、任せる」

その囁きに、ルイは困ったように笑うと、「陛下ほどではございません」と答えた。強がりではなかった。

「私はこの地で、陛下に代わり、出来る限りのことをいたします」

「――ひとつだけ。約束をしてくれるか」

ルイは驚いたように眉を上げた。「なんなりと、ご命令を」と微笑を浮かべる。約束なんて不似合いなものは必要なかった。

死ねと言われれば死ねると、ルイは思った。

アルテシアはまっすぐにルイを見た。仮面に隠れていても、その視線をルイは受け止めた。

「自分の命よりも、私の立場を優先させる必要はない。——逃げても構わない。暇を与える、その言葉は、まだ有効だ。私なら、平気だ」

ぐっとルイは唇を嚙んだ。

死ねと言われるよりも非道だと、心の中でアルテシアをなじった。ルイなど、いなくても大丈夫だと言っているのだ。

そんな言葉が欲しいのではない。

まぶたを震わせ、厚い獣の皮に包まれたアルテシアの手に自らの手を重ねて。

「平気ではありません」

とルイは言った。

「陛下が戻ってきたのち、陛下の御髪（おぐし）を整え、早急に新しい髪飾りを用意する必要があります。ミルデの者になど、任せられるものですか。私がしなくては、絶対に駄目です」

アルテシアが静かに黙す。

笑ったのかもしれないと、ルイは当てずっぽうに思った。

そうして小さく頷く、それだけが、アルテシアの返答だった。

「トーチカ」

次にアルテシアは、おろおろとそばにひかえていた近衛兵長の名を呼ぶ。

「は、……い！」

裏返った声で珍しくも背筋を伸ばし直立するトーチカの肩に、すれ違いざま手を置いて、「フェルビエ族長を守れ」とアルテシアは静かに言った。

「しかし、陛下……！」

肩を震わせ反論しようとするトーチカに、「黙れ」とアルテシアは冷たく言い放つ。

「同じことを何度言わせるつもりだ、トーチカ。お前は、族長アルテシアの近衛兵だ」

トーチカは威嚇のように唸(うな)った。ルイはその姿を少なからず意外に受け取った。ルイの知るトーチカは確かにアルテシアの忠実な犬であり、反抗など見たことがなかったからだ。

鋭い言葉に、トーチカは答えることが出来ず、拳が震える。

幸いなことに、外は静かだった。白く降るものがない代わりに、辺りは凍りつく寒さだった。凍る雪原を踏みしめ、別れの言葉もなく、アルテシアは雪馬車に乗り込んだ。ルイとトーチカの後方で、扉に身体を預け、厳しい表情で腕を組むオウガには、一度だけ深く礼をして。

この足場では、小走りほどの速度しか出せないだろうが、それでも造りのいい雪馬車は彼女を厳しい吹雪から守るだろう。

身を切る寒さの中で、ルイとトーチカは雪馬車を見送った。

雪馬車がまだ視界から消えぬ間に、隣で立ち尽くしていたトーチカが、ルイの方を向き、ばねがごとくの勢いでその腰を折った。

「……申し訳、ありません」

張り詰めた冷たい空気を震わす、かすれた声に。

ルイは決して視線を向けず、静かに言った。

「……尊い主人の寝所へ、無断の進入は、許されることじゃあないわね」

その声はアルテシアに近かったが、優しく震えの残る響きは、確かにルイのものだった。そしてルイの言葉でありながら、それはアルテシアの権限下のものだった。

「暇を、取らせます」

彼の謝罪がなにを示すのかわかっていた。アルテシアは彼を、族長の近衛兵だと言った。

しかしルイはそうは思わなかった。彼はフェルビエの戦士であり、族長の近衛兵だが、それよりも先に。

アルテシアの、従僕だった。

「……行って頂戴、トーチカ」

たったひとり、戦装束をまとったアルテシアを守るために。

その命令はまるで願いのようだった。

ルイはもう、この場所を決して動けない。たとえアルテシアにこの先、どんな危険が迫ろうとも。

だから、自分の分までと、そう思った。

皆まで言わずとも、トーチカは再び腰を折り、雪原を転がるように駆け出していく。

雪原を駆ける獣のように、アルテシアの馬車を追って。

その背をもう瞳で追うことはせず、ルイが身体を反転させると、ミルデのオウガと目があった。

まだいたのかと、失礼なことをルイは思った。

「……あの犬は」

やはり腑に落ちないという渋面で、オウガは呟く。

「お前の、恋人か？」

その一言を、ルイは鼻で笑ってやった。

決してアルテシアがする仕草ではなかったが、まさかアルテシアに向けられた言葉のわけがあるまいと、ルイは思ったのだ。

「そんなわけないわ。あれは私の……」

同僚のようで、戦友のようで、手のかかる子供のようで。

けれど口をついて出た言葉は、まったく違うものだった。

「私の、恋敵よ」

オウガを見据えれば、異国の言葉を聞いたような表情。

理解されることはないだろう。それで構わないと、ルイは目を伏せた。

彼女はもうルイには戻らない。アルテシアが無事に帰るまで、彼女は自分を、守り抜くことを決めた。

第四章　盟約の魔女

雪原をころげるように走り寄ってきたトーチカが、足をもつれさせて何度も倒れているのを知りながら、アルテシアは雪馬車を停めることはしなかった。

彼が諦めないことなどわかっていた。

雪馬車にしがみつき、乗り込み、這う這うの体でトーチカが背後についた。

御者台にいるアルテシアはため息をついた。ため息は白く変わる前に小さな氷片となる。

「来るなと言ったはずだがな」

「はい」

「戻れ」

「出来ません」

振り返らなくてもわかる。彼は押し殺した言葉ひとつ紡ぐのにも決死の覚悟をにじませている。首を刎ねられることも辞さない覚悟だ。主の命に否と言っているのだから。

はじめて——フェルビエの戦士としてはじめてアルテシアのもとにあらわれたトーチカも、かつて同じ答えを口にした。

今もルイはなにかの間違いだと思ってやまないが、トーチカが近衛兵となるためにフェルビエの猛者を十数名、なぎ倒したというのは本当のことだ。否、その言い方自体は正確ではない。彼はフェルビエの猛者十数名になぎ倒されなかったのだった。結局彼が近衛兵としてかわれたのは剣技でも体力でもない。

骨が折れても血を失っても、彼は倒れなかった。獣のようでさえなかった。

こんな言い方は誤解を招くが、と前置きをして、トーチカと戦ったフェルビエの戦士は彼をこう評した。

——不死者のようだった。

死なぬ者ではなく、死して尚(なお)、戦い続ける者だ。

不可解であったし、同時に期待もした。剣を交えるつもりでいたが、アルテシアに対し剣を向けることはなかった。剣を持てというアルテシアに、剣を取らないばかりか、その剣は己の血と骨で受けると言った。

地に這いつくばる姿は戦士と呼ぶにはほど遠かった。背を丸めて、伸びきった灰色の髪で隠した顔面の肌はところどころ引きつり醜かった。ほとんど色の変わった肌は、フェルビエのものとも、ミルデのものとも似つかない。異形の指が、彼の半生の壮絶さを物語り、そこに生きていること自体を感嘆させた。

感じたのは奇妙な感傷だった。

不可解だとは思わなかった。異常だとさえ。

ただ、既視感があった。

アルテシアは、いつかトーチカに確かめようと思っていることがひとつある。そしてそのいつかという日は、まだ来ない。

彼はそれから未(いま)だなにひとつ変わらず、アルテシアに向けて額をつけていた。御者台に踏み込むことさえなく、背後の荷台に。

アルテシアは手綱を握りながら振り返らず、前だけを見ていた。風のない夜だったが、馬車を進めれば空気が動き、彼女の肌に触れてやすりのようにひりひりと痛んだ。

足下こそ照らしてはいるが、五歩先までも見えない。方位を見ながら、闇に向かって歩いているようなものだ。

山脈の冬は今が盛りである。道程は決して楽なものではないだろう。身分を隠して急ぐのであればなおさらだ。

魔女の谷には魔獣さえも住むという。

勝機はなかった。我ながら無謀がすぎた。それでも、勝たねばならない。

「……私は阿呆だと、あの男、言っていたな」

呟きは自然に口をついた。

「は、……」

トーチカはまだ低頭している。

「お前も、そう思うか？」

もしもここにルイがいたらとアルテシアは思った。ルイはなんと答えるのだろう。陛下の行うことが唯一でありすべてであると、あの儚くも強い笑顔で言うだろうか。

「…………無礼を、承知で……」

「構わん」

思うことを言えと促すアルテシアに、トーチカは躊躇いなく言った。

「五分、かと」

その答えがずいぶん意外だったから、アルテシアは黙ることでさらに続けさせた。

トーチカはぼそぼそと呟く。

「ミルデには、歩み寄りの余地が微塵もなく。賊についても……終始、投げやりでしかなかった。あれでは、交渉も協力も、理性に基づく対立さえも」

ひとりごとのようだったが、彼にしては珍しいまでの饒舌さだった。

「ひとまず陛下の動きは、相手の不意を打てたかと。こちらの我がとおった、のですから、ミルデも、少しは理性をもって事態をとらえなおすでしょう。思うとおりにいかないのが、不服でしょうから……多分、ああいう方は……。そういう意味では、上々です」

「……なのに、五分か？」

なじるつもりはなかったが、自然に出た疑問符だった。しかしそれを糾弾ととったのか、トーチカはうっと言葉に詰まって再び荷台の底板に額をつけた。

アルテシアは嘆息した。

トーチカの発言はアルテシアには新鮮だった。これまでトーチカに意見などされた覚えはなかった。彼はいつも意思を身体であらわす人間であったから。

まぁいい、とアルテシアは言う。

「……しばらくは、私はひとりだ。正すべきことがあったら言ってくれ。他者に選択を任せるつもりはないが、配下の言葉も聞こえない愚鈍にはなりたくない」

暗くトーチカの表情は見えなかったが、返る言葉は歓喜で震えていた。

「わたくしで、よろしければ……！」

その後しばらくトーチカは黙った。もとより口数の多い男ではなかったし、アルテシアも思案にふけっていたので沈黙をそれほど意識もしなかった。

「——それでは、陛下、ひとつだけ……」

だからおずおずとその声が聞こえてはじめて、トーチカが長い時間、言葉を探していたのだと気づいた。

「なんだ」

前を向いたままアルテシアが発言を許す。

するとトーチカは通りの悪い声で、懇願するように言った。

「……髪、を、切るのは、いけません。しかもご自分でとは……。わたくしも、ルイ様も、……身を切られたほうがまし、です」

アルテシアは振り返らなかった。

「私の叔母上も髪は短い」

「ロージア様は……」

出かけた言葉を、トーチカは呑み込んだ。その続きが容易に想像が出来たから、アルテシアは小さく息をつく。

彼女は好んで短い髪を選択したわけではない。

——戦でなくした片腕では、髪を結うことさえ不自由なのだ。

「悪かった」

アルテシアの言葉に、トーチカはこれ以上ないほどに平服した。

トーチカの言葉は多分正しかった。長い髪がどれほどのものとアルテシアは思うが、確かにこの身は守らねばならない。

アルテシアにとって、戦場で死ぬことは名誉ではない。

彼女の名誉は戦場で生き抜くことだった。

向かう先は未だ闇。

春を待ち耐える、長い冬のようだとアルテシアは思った。


ずいぶん悩ましい表情をしている。

アルテシアが発ったのち、ミルデの族長を眺め、ルイは思った。

彼の迷いなどルイの知るところではなかったが、少なくとも迷わぬ人間ではないのだと思い、かすかではあるが安堵(あんど)した。思考せず、戦うだけの人間とは、対話も交渉も出来ないだろう。

ルイが様子をうかがっていることに気づいたのか、オウガはルイに視線を向けた。荒れた室内を申し訳程度に片付けただけの寝室だった。オウガは必要以上に使用人を手足とすることに抵抗があるのか、それとも面倒なだけなのか。

彼はルイを見、これまでのように顔を歪めて笑った。

「なにか言いたいことがあるか、娘」

「いいや」

澄ました声でルイは言った。その言い方がアルテシアとよく似ていたせいだろう。オウガは不快さをにじませた。

「気色の悪い奴らだ。あくまでもフェルビエ族長として立つつもりか」

大股でルイに歩み寄ると、ルイの肩をつかみ、投げ捨てるように力をこめた。ルイはよろめくようにバランスを崩し、寝台に倒れ込む形となった。

ルイを見下ろし、暗い笑いのままで、オウガは自分のシャツの首もとをゆるめた。

「どこまであの冷血な族長の代わりが出来るか、見せてもらおう」

舌なめずりを隠そうともしない露悪趣味の相手に、ルイは反応を返さなかった。ただ半身を起こすと、自分の胸元の留め具を外し、懐剣を取り出した。

鞘（さや）に入ったその形に、オウガが反応するのがわかった。

ルイはゆっくりと微笑んだ。それだけで、辺りの空気がほころぶようだった。その笑み顔は、畏れを知らぬフェルビエの女族長のものではなく、ルイのものだった。

そして彼女は、自ら意識をして決してつくらない声で囁いた。

「私は、寝首をかかれる趣味はないのです」

そうしてオウガの胸元に鞘に入った懐剣を突き出すと、視線を上げて、言い放つ。

「私をお斬り下さいまし。雄々しきミルデの族長さま」

オウガは答えなかった。いぶかしむように、微笑するルイを見た。

ルイはより美しく笑んでみせた。

「私の首を、お斬り下さいまし、と言ったのです。どうぞ、私の首を陛下の首とし、開戦の狼煙と」

「――どういうことだ」

問いかけは低く、表情は硬い。

対するルイはどこかうつろに笑んで。

「私は、あなたを好ましくは思えません。――いけ好かない、のです」

アルテシアの代わりとして、オウガにどのように虐げられることも覚悟していた。自分は平気だと思っていた。しかしその前に言っておかねばならないと思った。

「戦をはじめるというのなら、望むところです。陛下にとっては、この婚礼こそ、フェルビエの未来を賭けたひとり戦。けれどあの御方が、フェルビエとミルデのために、その身ひとつ刃に晒さねばならないと？　己の未来を己で切り開く。結構なことだと私は思います。……私は、陛下のために死してみせる覚悟でここにいるのです」

命よりも立場を優先するなと、アルテシアは言った。けれど、無理だった。あるいはこの立場こそ、ルイの命だった。自分の生きる意味など他にないとルイは思っていた。

「黙れ、小娘」

胸元をつかまれ、ルイの細い身体が引きずり上げられた。牙を剝く近さで、オウガが低く声を上げる。

「人を殺したこともない小物が粋がるなよ。一族の民すべてが貴様とあの犬のように人心を捨ててはおらんのだ。戦で死ぬ人間の誇りなど、駒になったこともない人間が——」

「やはりあなたもそうお思いですのね、ミルデの族長さま」

触れあう近さで、ルイは囁いた。

「貴方も、戦がどれだけ、無為なものか、知っている」

オウガの表情が凍り、その手の力がゆるんだ。ルイはまた腰を下ろし、懐剣が地に落ちる音がした。

「——……謀ったか」

ルイは薄く笑った。

「馬鹿な殿方。残念ですわね。私ひとり殺したところで、よしんば戦がはじまろうとも、陛下は信念を曲げることなどございません」

その程度でアルテシアの気持ちが揺れるなら。

わざわざオウガに頼むまでもない、自らこの首かっ斬り戦の狼煙としていると、ルイは囁いた。

誇らしいことであるのに、ルイの表情は晴れなかった。

「……曲げて、頂けるのなら、どんなによかったか」

オウガから目を逸らし、俯いて、ルイはかすれた声で言った。

「私の陛下の雄々しき婚約者さま、私は貴方が大嫌いですが、フェルビエ先代、アテージオさまほどではありません」

不敬ともとれる台詞はしかし、この一連の会話の中で、一番深いルイの真実だった。

「どれほどの名君であっても、素晴らしいお父上であっても。自分の娘を和平のために売るなんて。——恋ひとつ許さぬいのちなど」

幼い頃からルイはアルテシアとともにあった。だからこそ彼女は思っていた。

誰も言わぬのならば、ルイが言ってやる。

先代の族長は悪魔だと。

オウガはルイの言葉を聞き、憎々しげに舌を鳴らした。

「女はすぐにこれだ」

吐き捨てるような言葉は、必ずしもルイひとりに向けられたものではないようだった。

目を逸らしたままで、彼はつなげた。

「二言目には恋だの愛だ。ほだされ惑う男も道化だ。戯れあいなど、理解が出来ない」

ルイは笑った。かすかに、けれど確かに。

「子供なのね、族長さま」

辺りを包む空気が一瞬色を変えた。と、気づいた時には遅かった。

頬骨に痛み。首が回る、それだけでは逃がしきれない衝撃。

硬い拳の裏で頬を張られたルイは、寝台に倒れ込んだ。

「口を慎め。蛮族の取り替え子」

ルイの嘲笑はミルデ族長の逆鱗(げきりん)に触れたらしかった。

殺気を隠すこともないその言葉を、ルイは迎え撃つように強い視線で返した。

「言われなくとも。私の名誉は陛下の名誉。この命に代えても、守りぬいてみせますとも」

オウガはその黒い目で、ルイを睨みつけると、気分の害を隠すこともせずに足早に寝室を出ていった。どこへ、と聞く気にもなれず、ルイはその背を仇(かたき)のように睨みつけていた。

閉じられた扉。消える音。

ゆるゆると手のひらを口元にあてると、口中にじわりと広がる、血の味。

（痛い）

思ってしまった。反射のように、閉じたまぶたの端から涙が落ちるのがわかった。

痛い。苦しい。ひとりだ。

でも、よくやった。

（私はよくやった）

と、自身の胸元をつかんでルイは思った。眠り、紅を引き、アルテシアの思考をたどらねばならない。彼女が婚礼までにミルデで成し遂げておかなければならないことを、自分が出来うる限り。

アルテシアは行ってしまった。ルイのただひとりの女王陛下。あの白い闇の中、ひとりの近衛を引き連れて。ここには彼女はいない。侍女となり仕える安らぎはやってこない。自分はアルテシアにならねばならない。

（たったひとりでも）

ルイはただひとりで、すべてのフェルビエを、すべてのミルデを騙さねばならない。出来るはずだ、何年もの長い間、それが彼女の仕事だった。

大丈夫だ、朝さえ来れば、あのオウガの族長さえあらわれれば。まだ立ち上がれる。また戦える、自分を信じている。

（だから今だけは）

ルイは怯えるように懐剣を抱きしめ、強く強く、目を閉じた。決して泣かない女王陛下の代わりのように、彼女の涙は、幼い頃から凍ることがなかった。

魔女の谷へと向かう前に、アルテシアとトーチカはフェルビエの集落に戻った。身分を明かして現状を説明するわけにはいかないが、叔母のロージアとだけは面会をしたかった。

ロージアは先の時代に、先代の族長アテージオとともに魔女の谷へと向かった唯一の人間だった。また、大使として隊を組み、ミルデとの交渉を行っていた彼女だ。なにか知ることがあるかもしれないと思っていた。

彼女と会うことが良策かどうかは測り難かった。あるいは彼女は、現状を耳にすれば剣を取れと言ったかもしれない。

結論として、面会は叶わなかった。

アルテシアから言付けを受けたとして、ロージアを訪ねたトーチカが渋面で首を振った。

「……お加減がそれほど悪いのか」

「しばらく面会謝絶の状態が続いていると……。誰も寝台に近寄ることが出来ないとか。ロージアさまは厳しいお方でした。自分が弱っているところを他人に見せたくはないのかと」

「そこまで……」

少なからずアルテシアの心が曇った。アルテシアの中で、ロージアは鮮烈な印象ばかりだった。その一番輝かしい時代に戦を駆けたという彼女は、長い戦の終わりに生きていく上で大切なものを落としてきたのかもしれない。

彼女の兄であり、アルテシアの父であるアテージオと同じく、聡明な貴人であったが、その剣は激情であり、アルテシアが稽古の最中に死を覚悟したことは一度や二度ではなかった。彼女の四肢に欠落がなければ、自分は稽古の最中に命を落としていたことだろう。

アルテシアの母親は、アルテシアを産んだ後、ミルデの放った毒矢により命を落としたという。

優しく抱く手ではなく、憎しみのにじむ太刀がアルテシアを育てた。

その彼女が、こんなにも早く老いて衰えていくとはアルテシアは思ってはいなかった。あの、死の流行り病の時代でさえ、乗り越えたというのに。

複雑な心境を振り切るように、アルテシアは首を振る。

「時間がない。先に谷に向かう」

トーチカが頷く。

フェルビエの集落は、心なしかそわそわと浮き立っているようだった。

新しい時代のはじまりは決して劇的ではないだろう、とアルテシアは思う。剣を取り、武勇をあげれば、英雄となれる。

しかし、この白い山を守り、冷たい大地で生きるために。

新しい時代の姿はまだ見えない。けれどそれは刃ではなく愛情ではじまるのだとアルテシアは思った。

（愛情）

手のひらを握る。

この手にどこまでも熱はなく。

なんと欺瞞に満ちた言葉だろうかと、アルテシアは静かに思った。

ミルデのオウガは翌朝から、必要最低限の人間以外をフェルビエ族長から遠ざけた。

そして自分がしてやることはここまでだと、重く沈黙した。ルイはアルテシアの容姿と声色で、侍女であるルイとトーチカを一度フェルビエに使いにやったと述べた。

ルイはただ一心にオウガを注視した。一挙手一投足を見逃すこともないように、そしてその心まで見透かさんとするように。

ルイの目から見たオウガは、決して愚ではないが絶対的な統一者だった。アルテシアやルイよりもいくつか年が上であるだけだろうに、彼はもはや自分の帝王学を手にしているようだった。

「各部族への伝令は最小限で構わない」

側近と呼ぶには従順すぎる他のミルデに、強い口調で彼は言う。

「フェルビエから招待客のリストは受け取っている。問題は宿だ。雪宿はまだか。見物人まで受け入れていれば、すぐにあふれるぞ」

「族長、関所はいかがいたしましょう」

「関所？」

片眉を上げると、オウガが距離を空けて座ったルイに目を向けた。

「――なにか案があるか、フェルビエの」

意見を求められたのははじめてだった。ルイは気づかれないように喉の奥で唾を飲み、ゆっくりと視線を動かしながら呟いた。

「……北の。北の関所だけでも、婚礼までには撤去するべきだ。あの関所はいわば、二つの部族の隔たりの象徴だ」

自分の声は静かで、ルイでさえも離れた君主を思い返すほどだった。そのルイの言葉が気に入らなかったのか、オウガは不快そうに舌打ちをして、「だ、そうだ」と側近を下がらせた。

ミルデの出ていったあと、オウガは嘆息する。

「つくづく気色が悪い奴らだ。あの女と、口にする言葉はほぼ同じか」

「なんのことか、わからない」

ルイは表情を変えなかった。どこで誰が聞いているかはわからない。ルイはアルテシアになったのだから、ぼろを出すわけにはいかない。

オウガは立ち上がり、ルイに背を向けたまま振り返ることなく言った。

「せいぜい茶番を続けていろ。あいつが婚礼までに戻らねば、刎ねられるのはお前の首だ」

ルイは答えなかった。その沈黙を一体どのような答えだと受け取ったのか。

「あるいは、戻ってきたとしても、転がるのは二つの首だと思え」

捨て台詞はそれだけ。ルイは静かに目を閉じる。


雪の大地が地響きに震えた。

小さな氷片が舞う中に、アルテシアは荒い息で佇んでいた。

「……は……」

構えた曲刀を振り、血を払う仕草。けれど曲刀は濡れてはいなかった。

「陛下……！」

雪にまみれたトーチカがアルテシアに駆け寄ってくる。彼の無事を確かめるまでもな

く、

「大事ない」

とだけアルテシアは告げた。

どこかで荒れた水の音がしている。地中かもしれない。

魔女の谷と呼ばれる場所。そこへは、一年の間だけでも冬の寒さ厳しい時期にしか入り込むことが出来ない。四方を流れの速い川に囲まれた谷である。厳しい山脈の気温は、川の表面を完全に凍結させる。

あまりの凹凸の激しさに、雪馬車を降り、徒歩で進んでいた二人へ、襲いかかってきた大きな影があった。

見たこともない、獣だった。

真白い身体。そこに銀のまだらを浮かべた、小山ほどの大きさもある雪豹(ひょう)。

先になぎ倒されたのはトーチカで、アルテシアがその喉を斬り、地に倒した。

倒れた雪豹は、不可思議な音を立てて、一際強く吹いた山脈の風に散った。毛皮かと思っていた肌は、細かい氷の結晶。青の瞳は丸い宝石。

山脈の循環から外れた、いのちなき生き物だった。

「これは……」

困惑の声を上げるトーチカに、アルテシアは周囲の気配をうかがいながら言った。

「魔女の子飼いだ。魔女は戯れに雪人形を使役し、魔女の谷を守らせているという。お前、知らないのか」

山脈の魔女、その言い伝えは多い。アルテシアでさえ、誰に聞いたかは覚えていなくとも、その内容を知っている。

けれどトーチカは呆然と佇むばかりで、それはアルテシアをわずかに驚かせた。

「珍しいな。親から聞いたことはないか」

「親、は」

困惑の空気が、トーチカの周囲で揺れた。笑ったのかもしれなかった。言葉よりも雄弁だとアルテシアは思った。

「──戦か、病か」

どちらかとアルテシアは問うた。どちらでも同じくらいの高い確率だと思った。アルテシアが幼かった頃、両族の戦は絵に描いたような泥沼と化し、時を同じくして原因不明の死病が流行した。

「はぁ……どちらも、でしょうか……」

どちらがより致命的であったのかは、測りかねます、とトーチカは、軽く、淡く、過去の失敗談を語るようなばつの悪さで呟いた。

「そうか」

アルテシアもそうとしか返さなかった。

「谷の魔女は、隠者であり賢者だ。千里の瞳を持ち、この山脈のはじまりと終わりを記すと言われている」

「ミルデの呪術師のような……？」

「同質ではないと聞く。正しくは、同列ではない、か。ミルデに永遠生の呪術を授けたのも魔女だと言われているが、果たして真実かどうか」

こくりとトーチカの喉が鳴った。

「不死……？」

「不死とも言われるし、知識と魔力を代々に受け継ぐとも」

本当のことは誰も知らない。

「彼女は他人を嫌い、自分からは誰とも会おうとはしなかった。たとえば彼女が山脈のどこかの民族のもとにおり立っていたら……彼女は信仰の対象となり、すべての民を統治していたかもしれない」

厚い氷の下では、まだ水が流れているのだろうか。大地が震えるような音がしている。長く凍りついた川の上を渡っていると、足の先が痺れてくる。

「だが、彼女は未だひとり谷に隠れ……私たち山脈の人間は、万策を尽くしてなお、活路を求める時にのみ、彼女を訪ねる」

厳しい寒さを待ち、息絶え絶えとなりながら。

「私達が十年ぶりの来訪者だろう」

川を渡りきると、傾斜の激しい谷をいくつか降りる。導かれるかのように、アルテシアは奥へと進んだ。

暗くぽっかりと口をあけた洞窟。

「行こう」

火を掲げ、アルテシアが言う。

ここはかつて自分の父が歩んだ道。そして同時に、オウガの父も歩んだ道だった。

闇さえ白いこの地にあっての真黒。足を踏み出すと、久々に土と石の感触を、麻痺しかけた足の裏がつかんだ。

その感触を懐かしい、と思う間もなく頭上から下がった吊り下げ灯に火が入った。

背後でトーチカが息を呑む声がする。アルテシアは自然と腰の刀に手をやりながら、歩調をゆるめず奥へと進んだ。

この洞窟で、なにがあっても驚きはしない。山脈の魔女は、ほんの悪戯で太陽と月さえも隠すと言われているのだから。

ひとつ、またひとつ。

灯りがともり、アルテシアの歩みを促すようだ。

やがてたどり着く場所に、彼女はいた。

「……族長が来たよ。フェルビエが来たよ。魔女の谷に来たよ」

くゆる煙が、薄い幕のようだった。椅子に座る小さなシルエットと、ひどく割れた、しかし艶のある、子供のような声だった。

アルテシアとトーチカは迷わず膝をつき、剣を抜き地に置いた。

「はじめてお目にかかります。――我らが盟約の魔女」


山脈の木々は根本まで白くたっぷりと重い。

オウガに続くように、ルイは慎重に雪馬車を降りた。オウガは大体においてルイを、フェルビエの族長を煙たがったが、ルイはまるで仲の睦まじさを示すように傍らに佇んだ。

それが自分の仕事であると思い、またそうすることでミルデ族長の本心を知りたくもあった。アルテシアとフェルビエを憎み、もう一度この山脈に戦火をと言い放ちながら、苛立ちとともに迷う彼を。

「雪宿の仕上がりを見にいく」

とオウガは言い、ルイは当然のごとく彼に従った。雪宿とはミルデ集落の外れに、この婚礼にあわせて急遽建設したこの地独特の宿である。

雪の宿、と言うが実際宿を形作るのは切り出された氷の固まりだった。婚礼にはフェルビエの人間の他に、山脈の少数民族も訪れる段取りである。ミルデの民家を出来うる限り開放し、それぞれの民がテントをはったとしても、たとえば山下より訪れる人間には宿が必要になってくる。

前を行くオウガを追っていたが、強い冬の太陽の光に目がくらみ、ルイは足を止めて光から目を逸らすように傍らの雪宿を見やった。そのつくりは見事なものだった。トナカイの角でつくられた扉の取っ手をなでながら、感嘆していると、

「フェルビエの族長さま」

かぼそい声が投げられ、ルイは動きを止めた。ゆっくりと振り返れば、そこに立っていたのはルイとそう年の変わらぬ娘だった。

屋敷からともに来たミルデの従者ではないだろう。先を歩いたオウガの背はもはや見えない。

かぶる帽子にはミルデの特徴的な飾りがあった。少女は黒く長い髪を二つに編み込み、頬を赤くしてしきりに白い息を吐いていた。

「あの、あの……」

ずいぶん急いで出てきたのだろうか。その手に防寒具はなく、白い肌が青く震えてい

かもしれない。その震えは、かじかむ寒さのせいでもあるようだったし、あるいは怯えであったのかもしれない。

「オウガさまと一緒にいらっしゃると、聞いて……」

婚礼が済むまで、族長達の公務の予定は基本的に外部へと公開されない。しかし黙っていても目立つ二人の族長だ、どこからか聞きつけてきたのだろう。

囁きに唇を震わせながら、ミルデの少女はその手に握った厚い布を差し出した。差し出しこそしたが、二人の距離は十歩分ほど開いていて、手を伸ばしても届きそうになかった。

「この、刺繍を、献上しようと思って……ずっと、つくっていたんです」

ああ、とルイはわずかにまぶたを落とした。少女が持つのは婚家での幸せを願う夕べストリーだろう。花やトナカイを象る刺繍は、新婦に贈るにはポピュラーなものだった。どうするべきだろうかとルイは顔色を変えず戸惑った。アルテシアであればこの捧げ物を受け取るだろうと思ったが、自分は今ひとりだった。

フェルビエでは、この年かさの少女はもはや大人よりも剣術に長けていることもある。しかしミルデの少女は凍りかけたまつげを震わせながら、「族長さま」とやはり震えた声を上げた。

「私の父は十年前、戦の終わりに死にました」

ルイは虚をつかれたように少女を見る。

少女は優しげな面差しに悲しみをにじませ、涙をこらえる表情で言った。

「フェルビエに、殺されたのです」

ルイは動けなかった。空気は痛いほど張りつめ、声だけが冬の森に響いている。

「私の母はまだフェルビエを憎んでいます。婚礼も認めないし、ともに暮らすことなど出来ないと言っています」

それは彼女だけの呟きではないのだろうとルイは思った。長い戦に疲れた二つの部族。十年の停戦を守りこそすれ。

その時間は、ひとの心が癒えるにはまだ短い。

答える言葉もなく対峙していると、少女の顔がくしゃりと歪んだ。

「でも」

流れる涙も凍る代わりに、その声ばかりが濡れていた。

「でも父もきっと、フェルビエを殺しました」

握りしめたタペストリーに力が込められる。

「族長さま。フェルビエの族長さま。どうぞミルデにいらして下さい」

祝福いたします、と言う少女はまるで、雪を運ぶ妖精のようだ。

「この婚礼に祝福を。私は、私達は、もう、許されたい。——許したいのです」

永遠を望むミルデの民。彼らの犯した罪は、消えることなく、その罪までもが永遠となるのか。

少女は一体どんな思いで針を刺したのだろう。どんな祈り。どんな願いで。

ルイは静かに歩を進めると、凍りついてしまったように佇む少女の眼前に立ち、タペストリーを受け取ると、替わりに自分の手袋を渡した。

「ありがとう」

言葉少なに囁けば、少女は今度こそ顔をくしゃりと歪めて、深く深く頭を下げ、アルテシアの手袋を胸に抱き、雪の道を走り去っていく。

祝福をと、言ってくれた少女に、返せた言葉はひとつだけだった。

他になんの言葉が言えたであろうかとルイは自問する。もう大丈夫だと、未来を約束してやれたならどんなにかいいことだろう。しかしルイには出来なかった。

二つの部族の未来よりも、アルテシアの幸福をと願っていた彼女には。

ミルデの少女の聡明さに比べれば、自分はどうしてこうも無力で浅はかなのだろうかと思わずにはいられなかった。そう思いながら、一方で、それでも自分は変わりようがないのだとルイは思った。

アルテシアはあの少女の未来を祈るだろう。あの少女を含めた、二つの部族すべての未来を祈ることだろう。だから、アルテシアではないルイだけは、アルテシアのために祈りたいと思った。

　ほんのしばらく外気に晒されただけで、感触を失いつつある指先を包むようにタペストリーを持ち、きびすを返すと、進んだ先の木の裏に立つ人影。

「化けの皮がはがれているぞ」

けだるい様子でルイを見ていたのはオウガだった。

　いつからそこにいたのか、どこから聞いていたのか。気配を読むことに長けていないルイにはわからない。

「——だめね」

　眉を下げて、わずかに泣き笑いの表情で薄くルイは笑った。アルテシアがいなくなった夜から、それははじめて表に出すルイの顔だった。

　オウガは鼻を鳴らし、「今の女が毒でも剣でも仕込んでいたらお前は死んでいる」とルイを笑った。それはまさにルイも考えていたことであったから、「そうですね」と小さく頷いた。

「私が襲われたら、助けて頂けましたか？」

　我ながら戯れのすぎる言葉だと思った。オウガもまた、見せたのは嘲笑。

「当然の報いだ」

　落とされる言葉はそれだけ。向けられる背中は広く、力強い。

なにに対する報いだと言うのだろう。わかるような気もしたし、わからないような気もした。しかし、彼もまた自分が死する時にそう言うのかもしれないと、ぼんやりルイは思った。

当然の報いを受ける、罪の意識があるというのか。ただ、生きているだけで。

アルテシアとオウガは似ている、と根拠のないことをルイは思った。自分自身に厳しすぎるところが、よく似ている。二人はともにあり、支えあうことが出来るだろうか？　潰しあうことはないだろうか。互いが互いに、ではなく。己にこそ刃を向けるのでは。

あざやかな糸の散るタペストリーを優しくなぜる。

(許されたい)

とあの小さな少女は言った。

(そして、許したい)

まるで、それは、愛を乞うような言葉ではなかったか。

開いたタペストリーには、とりどりの花。

そして寄り添う、二つの部族の紋章があった。

第五章　魔女のはなむけ

頭を垂れて声を張れば、息と煙を逃がす音。

「仮面を脱ぎなよ。顔をお上げよ」

気だるい口調で、割れた声が反響する。響きが次第に、形を変える気がした。

アルテシアは言われるままに仮面を脱ぐと、ざんばらになった髪を振り、仮面を傍らに置いて顔を上げた。

煙の向こうに、見える魔女の姿。

(——？)

最奥に座したシルエットが揺らぐ。その形と気配が、まるで見知った誰かであったような気がして、アルテシアは思わず、目元を厳しく寄せた。

「ふふっ」

笑みとともに、煙が晴れた。

そこにあったのは小さな身体。今ほど読んだ気配は微塵もなく、決して見覚えのない姿かたちだった。分厚い外套を頭からかぶり、顔は下半分ほどしか見えない。小さな、痩せた老婆のシルエットとも、年端もいかない子供のシルエットともとれた。なのになぜ、知っていると思ったのだろうか。

　幻覚でも見たような不可思議な気分で、アルテシアはまばたきを繰り返す。

　笑う魔女の口元に皺はなかった。その一点から見れば、やはり子供のようだった。不釣り合いに老成した仕草で、手にした煙管を静かに揺らした。

「ああ、ああ、よく似ているよ。かえるの子はかえるになったよ」

　笑う声もどこか不自然に軽く、むなしく響いた。

「父を、覚えておいでですか」

「それが魔女だよ」

　くすくすと魔女は笑う。

「魔女は覚えているよ。魔女は知っているよ。すべてが昨日のことのようだよ」

　愚問だというように、魔女は笑う。彼女はこの山脈のはじまりでさえも、昨日のことと言うのだろうか。

「あれから、十年の月日が経ちました」

「それも知っているよ。二人の族長は死んだよ。流行りの病が二人の命を奪ったよ。そして二人はそれぞれに子を残したよ」

「……はい」

　魔女の呟きは、過去を惜しむわけでもなく、また死した者へのあざけりでもなかった。言うなればまるで、うたのようだった。

　歌われるのはフェルビエのアテージオ。そしてミルデのガルヤ。

　この戦の時代に、ひとより早く命を落とした彼らは、不幸なことにどちらも、戦って死したわけではなかった。山脈に吹いた死の風は、百戦錬磨である両族の族長の身体をも蝕み、彼らの未来を喰らったのだ。

　打つ手をなくした二人が、ともに魔女のもとへとたどり着いたのは、必然のようでいて、奇妙な宿命めいた話だった。

　彼らは死の間際に魔女を訪ね、剣ではなく盟約を交わした。長い戦の終わりと、新しい時代のはじまりだった。

「時は満ち、両族の婚礼を迎えます。しかし、現ミルデ族長はこの婚礼に異を唱えました。この婚礼に水を差さんとした下手人を捜しています。どうかお知恵をお借りしたい。盟約の魔女」

　彼女に対して、説明は余計に思えた。

「知恵、と言ったよ。今言ったよ。若きフェルビエ」

　事実、魔女は驚くこともせず、現状を尋ねることもせず、ただ煙をくゆらせた。

「そしてここにはいない若きミルデもだよ。茶番のようだよ、ねえ」

覗く口元はなんの感情も浮かべてない。

「なぜここに来たんだよ。君は婚礼をひかえたフェルビエの花嫁だよ。魔女は君の父親に言ったはずだよ。――身体ではなく、血と心が混じることが婚礼だよ。君達の手と手はもうつなげないよ。血で濡れすぎだよ」

アルテシアは目元を厳しくした。どういう意味かと、その目で問うた。

「ごらん」とその目こそが答えであるかのように魔女は囁く。

「君は、わからない、という顔をしているよ」

困惑だけがただ深まる。そうだ、わからないからここに来たのだ。下手人の真実も、オウガがあれほど婚礼を拒む理由も。

「いいことを教えてあげるよ。未だ幼き、愛を知らぬフェルビエ」

長い煙管でアルテシアを指し、山に吹く風のように耳を触る声で、託宣がごとく魔女は続けた。

「君はわからないのではないんだよ。本当はわかっているよ。わかっているのに、それを理解が出来ないんだよ。だから、わからないと言っているよ」

「わかっている……？」

「ああ、そうだよ。ここに来て、魔女をはじめて見たよ、その時に君の瞳にはその心が映ったはずだよ。瞳は水面。見えたのは一体誰？」

まばたきを忘れ、漂う煙を吸い込む。

自分の瞳孔が縮む音を聞いた。薄暗い洞窟の中。視界が歪み、ゆるやかに廻(まわ)る。

（誰を見た）

私は私の知る人を見た。

（わかっている？）

ミルデの族長。その首を断ったのは誰。出来たのは誰か。ミルデ。フェルビエ。

可能性だけをいたずらに測ることに、一体なんの意味がある？

浮かぶシルエット。

あるべきもののないいびつな身体。その気配を、読み違えることなどありはしない。

——貴方だ。

ああけれど。

どうして、そんな——

（どうして？）

「アルテシア様」

ひかえめな囁きに、揺れていた焦点が束の間戻る。いつしか視線は地に落ち、魔女の姿も見据えぬまま、トーチカの焦って頼りなげな声だけが、かろうじてアルテシアの意識を保たせた。

「……お気を、確かに。煙はあまり、吸わないほうが……」

賢しいトーチカの助言に、魔女の口元が笑む。

「おや珍しい生き物だよ。まるでキメラの坊やのようだよ。フェルビエの族長が従えるには、妙な——……」

言いかけ、くっと喉の奥で笑いを噛んだ。

「そうか、そうだね、象徴だよ。もう時代が変わったんだよ。変わりつつあるということだよ」

「——？」

アルテシアが顔を上げるが、口を開いたのはトーチカが先だった。

「わたくし達にはっ!!」

不自然に裏返った声で、トーチカが叫ぶ。

「時間が、ないのです。ご助言がないのならば、早急に、戻らせて頂きたい！」

ことアルテシアが要人と言葉を交わす間に、トーチカがここまで出すぎた口をきいたことはなかった。ミルデ族長を相手にしてさえ。

止めるか、追従するか、なんらかの反応をせねばならないと思うが、思うとおりに思考と舌がまわらない。

蒸し風呂でもないのに、外気のある場所で汗をにじませるのはどれくらいぶりだろう。

「……助言と言ったよ。その言葉が愚かだよ。でも魔女は答えてあげるよ。こんな山奥くんだりにまで、顔を見せに来てくれたのだもの」

傍らの杖を持ち、魔女はゆっくりと立ち上がると、白い歯を見せて言った。

「フェルビエの花嫁よ」

浅い息をつぎながら、アルテシアが顔を上げる。

「お前は蟷螂のなりそこないだよ。婚礼は成らないよ。首のひとつやふたつ大した問題ではないよ。このままでは婚礼は日を待たず破局するよ」

アルテシアが驚きに膝を浮かす。返事を待たず、魔女は言う。

「君には、雪蟷螂の女として、いいやひとりの人間として、一番大切なものが欠けているよ。あるべきものがないんだよ。与えられたことがないから、わからないんだよ。誰も教えてくれなかったから、わかろうとも出来ないんだよ。だからどれほど腕が立っていたとしても、その剣は、ほんの児戯だよ」

地に置いた剣を取り、ゆらりと立ち上がるとアルテシアは強い視線を返した。なにかが欠けていると言われ、動揺がなかったかといえば嘘になる。しかし、自分がなにも欠けない君主であるなどといううぬぼれはなかった。

「欠けたものは補う」

私はひとりではないのだからとアルテシアは言った。本心だった。けれど魔女はアルテシアを笑う。

「そうして君は誤魔化すんだよ。からっぽの心をいつまでも誤魔化していくんだよ。お飾りの婚礼だよ。決して笑うことのない蠟の花嫁だよ。茶番の猿真似(さるまね)だよ。君には、君達には、誰もついてはこないよ」

「どうしろ、と」

茶番に終わらぬ婚礼が迎えられるというのか。

この自分に。

魔女が薄く笑うと、またアルテシアの世界が揺れた。

「陛下」

今度は肩をつかまれる。トーチカの吐くかすかな息の音がするが、それさえ煙る世界の向こうの話のようだった。

「――もういい、もういいです。わたくし達は、戻りましょう」

「もういいとはどういうことだ」

熱にうかされたような言葉で、焦点のあわない瞳で、アルテシアは呟く。

「アルテシア陛下、貴女(あなた)には」

トーチカは強く奥歯を噛み、絞り出すように言った。

「欠けたところなど、なにひとつありません」

その、あまりに傲慢な、呆れるほど強い確信の言葉に、アルテシアは垣根なく唖然とした。腕を引かれ、魔女に背を向ける。「戻れないよ。帰れないよ。君はこのまま帰れないよ」と魔女が言うが、トーチカは歩みを止めなかった。

心許ない足取りで洞窟をあとにするアルテシアの背に、魔女の笑いがこだまする。

その笑いはやはり奇妙に反響をして、耳の奥でこう響いた。

（――君に『ほんとう』を教えてあげるよ。フェルビエの花嫁さま）

洞窟を出ると、なによりも雪の白さが目を灼いた。急速に意識がはっきりとし、まずアルテシアが行ったのは、トーチカの腕を振り払うことだった。

「離せ」

「はっ……」

トーチカは恐縮しきった様子で、アルテシアから離れ三歩退いた。

「出すぎた真似を……」

「まったくだ」

己に言い聞かせるように、アルテシアは呟き、歩を進めた。まだわずかに足下にふらつきが残り、不快に思う。

「あの煙は、一体なんだ」

「精神を酩酊させる薬の一種でしょう。ミルデで使われるものよりももっと強力な……」

そうしてトーチカは数歩前を行き、アルテシアの顔色をうかがう仕草をした。

「ゆっくり。気をつけて。馬車をぎりぎりまで引いてきますから」

「大丈夫だ」と言う言葉はトーチカに聞き入れられなかった。先に走り去っていく彼の背を見ながら、ずいぶん勝手な真似ばかりするとアルテシアはため息をついた。

あれほど怯えていた氷の道も、ひとりで駆け抜けていってしまった。

ゆっくりと踏みしめるようにアルテシアが凍った川を行き、そのちょうど中程に来た頃だった。

（――……？）

気のせいか、と思った。

足下に、地響きが。

思った瞬間にはもう、遅かった。

ドオン、と地の底から突き上げるような音がした。

「!?」

大地の震えは咆吼のようだった。踏みしめるものをなくし、アルテシアの身体が傾いだ。

視界がぐるりとめぐり、血液さえも向かう先を見失う。

——落ちる。

崩れるのは山ではない、崩壊する大地はまるで蟻地獄(ありじごく)のよう。

白に呑み込まれる意識の中で、呼び声は叫び。

「アルテシア様ぁあぁァ…………!!!!」

ああ、トーチカ。

だめだ、ここは。白いから——……

(『ほんとう』を教えてあげるよ)

反転する世界の中で、アルテシアは背後を見た。

洞窟の入り口、長い杖とともに立つ魔女は、無邪気な微笑みを浮かべていた。

その足下には、洞窟の中では闇に紛れて見えなかった、黒い影。——悪魔? とアルテシアは見たこともないものの、呼び名を頭に思い浮かべた。

黒い影を踏みつけて、盟約の魔女は言うだろう。

(約束の子、その婚礼のはなむけに)

呑み込まれる。暗黒の世界。痛覚に直接訴えかける、水流の冷たさ。

意識が喰われる、最後に聞いたのは、小さな囁きひとつ。

(——昔話を、してあげる)

そして、アルテシアの意識は、断絶した。

幕間　氷下の追憶

人の焼けるにおいがする。

粘膜に責め苦をもたらす冷たい山脈の風に混じるそれ。鼻から口元を覆っていた布を下げ、顔を上げて目をこらせば、遠方に煙。心細く、わびしげに、山脈の風にあおられながら霧散させられる魂を見た。

「……火送りか」

先頭を行く男がそこに視線を送りながら、低い声で呟く。

時刻は黄昏（たそがれ）だった。

「帰路を任せ――」

「出来ません」

言いかけた言葉を遮るように、傍らにいた女が厳しく言った。女の腰には二本の曲刀が下がっている。女だけでなかった。獣の革と金属でつくった戦の装束は、その場の戦部隊すべてが身につけていた。

戦の民、フェルビエの、頑丈な戦装束。その中でも、先頭の男女の姿は特徴的なものだった。

男はフェルビエの族長であり、脇を固める女戦士は、その側近を務める。

遠くで立ち上る白い煙をかき消すように、いつの間にか空気が白く濁り始めていた。雲の間から降りる光こそあれ、光が照らす辺りの風には、塵よりもこまやかな雪片が混じる。

それらは人の身に触れる頃には水に変わり、また地に落ちる頃に氷へと姿を変える。この山脈に落ちる、涙氷、とはよく言ったものだった。

その日、フェルビエはミルデとの戦の帰路にあった。

先頭を行く族長は、戦士達の帰路を傍らの女戦士に任せようとし、彼女は即座にそれを不可能だと断じた。族長のわがままは時折あることだったし、それをすべて叶える必要はなかった。彼女だけが、是非も可否も、躊躇いなく振るうことが出来た。

彼女はフェルビエ族長の右腕であったから。

「……おひとりで、行かせるわけにはいきません」

そうつなげた言葉に、族長は防具の下で薄く笑った。あまり大きく口を曲げられないのは、山脈の空気に皮膚を切られるからだった。厚い外套に覆われていたが、彫りの深い、精悍な顔をしていた。

「過保護だとは、思わないか」

端整なつくりではあったが、年齢よりもいくぶん深く、皺の刻まれた顔だった。

対する女は、疲労の色を薄く塗っていたが、まだ若く、美しい容貌で、どこか族長と同じ面影をやどしていた。

どちらも、外套の奥に薄い色の瞳と銀の髪を有していた。フェルビエの一族、その血の濃い者に顕著にあらわれる、雪原の色。

「私がいつ、族長を過保護にしたと?」

「そう謙遜をするな」

族長は会話をそのまま遮り、傍らの戦士に用件を告げた。隊を一足早く、集落へと戻らせる指揮をとるようにと。

その日、フェルビエの戦士で致命傷を受けた者はいなかったが、奇襲をかけたことにより怪我(けが)をした者があった。また、奇襲を終えたのち、息があった二人のミルデを捕虜として拘束したのだ。寄り道をしている余裕はなかった。

疲労した戦士達には集落に戻り早く休んで欲しい。それは、目の前の族長達にも等しく求められることではあったが。

「……行くぞ、ロージア」

またいだ雪獣の行く先をあやつり、先に進む族長に、ぴたりと彼女はつきそった。

「ええ」

フェルビエ族長、その名はアテージオ。

傍らに立つは、彼の実妹、白銀のロージア。

戦のはじまりと終わりに生きた、一族を束ねる兄と妹。

それは蛮族がまさしく、蛮族らしかった最後の時代だった。


この世の黄昏だ、とロージアは感じていた。

獣に乗り歩みを進めればじきに、辺りの光量が減っていく。日暮れまでにはまだ間があったが、山脈を渡る風の刃が、じりじりと研ぎ澄まされていく。夜のはじまりであり、真の冬の訪れだった。

傾いていく陽は急速に辺りから光を奪い、やがて熱を奪うだろう。季節もまた白い闇へと向かいつつあった。

涙も凍るこの山脈に、また痛みを伴う冬がやってくる。

「……アテージオ様……!!」

葬送のために頼りのない炎を囲んでいたフェルビエの民はみな憔悴していたが、それでも己の族長を目に留め、反射のように地に膝をつけた。

「いけません、このような場に……」

「よいのだ。弔いを、させてくれ」

死者を悼む旨アテージオが囁くと、家長を失った未亡人は感動に目を伏せた。

「アテージオ様に送って頂けるのなら、彼はあのような死に様でも、死の山へとたどりつけるでしょう」

付け足した言葉は小さかった。

「……たとえ、その身が灰になったとしても……」

そこには、涸れた涙よりも切なる口惜しさが見てとれた。

茶毘は山脈の民には不名誉な葬礼である。

その葬りを受けるのは、命を問われるほどの罪人か、——呪いと病によって死した者だけだった。

見慣れてしまった、とロージアは思う。飽きてしまうほどに、今年に入り何度この光景を見たことだろう。

悼みの言葉を言わねばならないが、夜気を運ぶ山脈の風は唇に痛く喉に痛く、たやすく言葉を奪ってしまう。

——この山脈には、呪いの風が吹いている。

その病がいつから流行り始めたのか、正確なことはわからない。さほどの昔ではなかった。表面化してきたのは、ここ数ヶ月のことだ。

流行りの病だとは誰も思わなかった。死者を目の当たりにしてさえ。なんの変哲もない単なる体調の不良。けだるさからはじまり、数日のうちに目がくぼみ、やつれ、血を吐き、やがて苦しむ力も失い、衰弱して死ぬ。

そんな者がフェルビエの集落でひとり、またひとりとあらわれた。

『ミルデの呪いだ』

声を荒らげたのはロージアだった。

親しく隣で戦った友が、ほんの数週間で死に至った。

勇敢なフェルビエの戦士だった。剣を持ち、戦い、そして死ぬはずの人間だった。

白い頬を憤りでより白くし、ロージアはアテージオへと叫んだ。

『邪教信仰のミルデども――……このように卑劣な術を……!!』

相対したアテージオの瞳は静かだった。

『そう、思うか。ロージア』

『それ以外になにがあるという、族長!!』

凶人ミルデは、フェルビエの知らないあやしげな呪術を使う。

山脈に古くより伝わる術であれば、フェルビエも少しは知り得ている。しかし彼らは外部から、この山にない血脈を取り入れようとしていた。

まさにその衝突が、戦の最初の火種であった。

彼らの使う呪術は、もうフェルビエの知り及ぶところではない。そしてその呪術により、こうしてフェルビエの民が倒れているのなら。

同胞をどれほど剣で切られるよりも、それは屈辱だとフェルビエには感じられる。

戦を！　とロージアが激情のまま叫ぶ。

『無念を晴らす、ミルデに断末の苦しみと死を!!』

彼女をはじめとしたフェルビエはその激情のまま、多くのミルデを狩った。

両刀を握り、歌とともに死力をもって、ミルデの戦士を屠った。

山脈は血に染まり、ミルデの兵が同族の首を持ち帰ることも許さないほど。

返り血が凍り、重さを増す前に払いのけながら、ロージアは戦場にかがみ込むアテージオを見咎めた。

『……族長？』

『見てみろ、ロージア』

彼が足のつま先で示したのは、ミルデの荷の中、そこに転がるのは。

命失い凍りついた、ミルデの兵の首だった。

ロージアは眉を顰めた。戦死者の首に息を呑むような繊細さなどとうの昔になくしていたし、アテージオの意図を読むことが出来なかった。

『なにを――……』

アテージオは目元に厳しく皺を寄せ、静かに言った。

『この目元のくぼみ方は、血をぬかれたせいだけでもあるまい』

『!?』

『――呪いを受けたのは、ミルデも同じか』

ミルデの民はその信仰ゆえ、死者の首を家族に返すために持ち帰る風習がある。戦に入る以前に、病死した者の首を、荷として抱えていたとしてもなんの不思議もない。

その首に、病のあとが見て取れたということは。

アテージオの示唆に、ロージアは言葉を失う。

『そんな……』

その時、ロージアを襲ったのは絶望と畏れだった。

ミルデの呪いであるならば、呪術者を殲滅(せんめつ)すれば済む。脅してもいいし、殺しても構わない。

けれどももしも、この病が、山脈全体を覆うものだとしたら――……?

『なに、条件は同じだというだけだ』

血の気の引いたロージアに対し、アテージオは表情を変えなかった。この答えを、予想していたようだった。

『もしもミルデの呪術者がさほどの力をもっているなら、真っ先に私を狙うのが道理だろう』

けれどそうはならなかった。だから驚くことではないと、彼は言った。

色素の薄い目を細め、アテージオは呟く。

『私もガルヤも、いつ死んでもおかしくはないということか……』

『族長!!』

あの時、アテージオがなにを思って笑んだのか。

ロージアは今も、それを測ることが出来ないでいる。

『長くはないぞ、この戦』


その思い出に意識を沈めていたロージアは、不意に目の前を大きな雪の花びらが落ちたのに気づき、顔を上げた。

フェルビエ集落に向かい前を行くアテージオ。辺りはもう暗く、この山脈では珍しい、軽く大きな雪塊が天よりおりていた。天の使いがしきりに降らす綿のようなそれ。獣の足で踏めば独特の音が鳴る。

山脈の冬は白く暗い。しかし必ずしもそればかりではない。冬のはじまりは、灰色に少し青みがかかって、包む冷たささえも幻想のようだった。

ロージアは目を細める。肺の奥から息を吐けば、薄い湯気がようようと空に還る。

つい今し方まで眺めていた、火送りの煙を思い出さずにいられなかった。

ああ、唇からもれるこれは、魂だろうかとロージアは思った。

「ロージア」

名を呼ばれ、ロージアは獣を進めた。

「はい」

アテージオは前方を向いたまま。横顔の一部がわずかに覗くだけだった。

深みのある声でアテージオは言う。

「郷に戻って休んだのちは、私の部屋まで来てくれ。……話がある」

ロージアは瞳の力を強めて、刺すように問うた。

「戦の行く末ですか」

「――ああ、そうだ」

アテージオは躊躇うことはなく、頷いた。

ロージアは自分の心臓が強く鼓動を刻むのを聞いた。

流れる血をも凍るとされた、この山脈の氷血戦争が終わる、それはロージアにとってはむしろ非現実的でさえあった。戦に生まれた子のさだめのようなものだ。

　しかし、もしもこの戦が終わるなら、それはフェルビエの勝利しかあるまいとロージアは確信していた。

　事実、ここしばらくフェルビエの戦歴は誇ってもいいほどだった。それに加え、山脈の冬である。

　――この冬に、一度に片をつける。

　山脈の蛮族は、冷たく痛む冬にこそ真価を発揮する。この冬にすべてを賭ける。山脈の冬、蛮族の冬に。


　フェルビエの集落へと戻ったロージアは、凱旋(がいせん)の宴よりも先に蒸し風呂へと入り、濃い赤の装束をまとった。フェルビエの女性は決して小柄ではないが、その中にあってもロージアは長身だった。鍛えられたしなやかな身体は、厚い装束を着たところで隠しようがなかった。

　長い銀の髪はいつものようにひとつにまとめ、唇に赤い紅を差す。フェルビエの女の紅は、装飾であり、魂を体内に閉じ込めるためのまじないであり、裂傷を避けるための薬でもある。

彼女はまだ若かったが、娘らしさといえばその赤い紅くらいで、女の衣装をまとったところで奥からにじむ抜き身のような激情は隠しようもなかった。

ロージアがまず向かったのはミルデの捕虜のもとだった。彼らは、厳重に見張られていたが、あたたかな場所を与えられていた。

「これは族長の指示か」

「はい」

見張りのフェルビエが答える。ロージアは頷き、

「まだしばらく見張りを任せるぞ。拷問ならば、私が行う」

当然のようにそう告げた。痛めつけるようなやり方は、戦の民であるフェルビエの美意識に反するが、生き残りを捕虜にというからには、アテージオにはその考えがあるのだろうと、ロージアは踏んでいた。戦争はもはや佳境である。使える手管はすべて使うやり方は、たとえフェルビエの誇りに背いたとしても望むところだとロージアは思っていた。

灯りを持ったまま外へ出る。雪はもう止み、外はいよいよ痛むほどの寒さだった。

露出したあごから首もとにチリチリとした寒さが這い、肌を粟立(あわだ)たせ、血管を収縮させる。

明るい夜だとロージアは思う。山脈では雪すさぶ昼間よりも、雲のない夜のほうがよほど明るい。灯りを消したところでいっそう星と雪原の明るさが増すだけだろう。

ロージアはこの、人の熱と命をいとも簡単に奪う山脈の夜が嫌いではなかった。

目を細めて宙を見て、ふと、自分が死ぬのならば冬がいいと思った。

きっと戦だろう。老いではないという予感があった。血を流し、雪に身を沈め、星のもとに。

山脈の大地に還ろうと静かに思った。

吐息は白。……今はまだ、それは魂ではない。

きゅ、と小さくこするような音が、ロージアの耳に届いた。

明るい夜の中でそちらに目を向ければ、小さな影がロージアのもとに歩を進めていた。

少女だった。銀の髪はロージアと似た色。白い肌もまたロージアと同じ陶器で、しかし戦に奔(はし)るロージアよりももっときめこまやかな、幼さゆえの透明な繊細さを宿していた。

少女は寒さに頬を染め、しきりに白い息を吐きながらロージアを見上げた。

その美しさは冬の精霊のようだ。同じ色彩の二人が向かいあう様子は、まるで幻想のように見えたことだろう。

「ご無事の帰還、なによりです」

少女の赤い唇からもれたのは、幼い容姿にはあまりに不釣りあいな囁きだった。

「あぁ」

ロージアが目を細め、頷く。

「当然のことだ、アルテシア」

答えるロージアの言葉にもまた不自然な距離があった。

アルテシアと呼ばれた少女は頷く。当然のことであるということを、肯定するかのように。さきの言葉が少女に不釣りあいであったのは、そこに帰還の喜びよりも儀礼としての役割をにじませていたからだった。歩くことさえ不安定な幼さであるのに、眼差し(まなざ)の冷たさと、言葉の静けさは不自然なほどだ。

少女の名前はアルテシア。年は未だ片手に満たない。

ロージアとはれっきとした血のつながりがあるが、二人は親子ではなかった。

「父上が、部屋にてお待ちです」

白い息を吐きながら、アルテシアがそう告げた。「わかった。今行く」と答えると、アルテシアはくるりと方向を変え、あたたかな建物の中へ戻っていった。

その腰には、小さな短剣がささっている。お飾りのようなそれが、彼女の行く末を示しているようだった。

アルテシアはロージアではなく、ロージアの兄、現在のフェルビエ族長アテージオのひとり娘だった。

アルテシアの母、アテージオの妻であった女はもういない。剣こそ持たなかったが、記憶にある彼女もまた、まさにフェルビエの女だった。ロージアほどに美しくはないが、感情の豊かな、輝く光のような女性だった。

素朴な可憐さと剛胆さでアテージオを愛し、アルテシアを産み、彼女を守り通すように死んでいった。

フェルビエの女は雪蟷螂と呼ばれる。その深い愛ゆえに、愛した男を喰らうという言い伝えがある。彼女はアテージオを喰ろうたのかもしれなかった。彼女が死してから、アテージオは変わらず勇敢な名君であったが、昔のような覇気を感じられない。

伴侶である彼女がミルデの凶刃に倒れこの世にいない今、アルテシアはやがてその肩に、一族すべてを担うのだろう。

ロージアはアルテシアとは距離を置いていた。愛情がないわけではないが、様々な感情が彼女にそうさせていた。それはたとえば、かつてアルテシアの母を守れなかった負い目であったのかもしれないし、子を産んだことのない女としての戸惑いでもあるのかもしれなかった。

アルテシアは、実母よりもむしろロージアによく似ていると言う者もある。

そうかもしれなかった。あの小さな少女がまとう空気の冷たさは、アテージオのものであり同時にロージアのものでもある。けれど、似ているからこそロージアにはアルテシアが理解出来ない。まるでそう、自分自身を理解し難いことと同じように。

あの小さな少女の冷たい瞳が、なにを見ようとしているのか。今はまだ飾りにすぎないとしても、護身用の剣を持たされるようになってから、ぴたりと泣くことがなくなったアルテシアの身のうちにあるものは、一体なんなのか。

哀れだと、思ってしまう心がある。

戦が終わったのちに、残る未来はどんなものなのだろう。自分もアテージオも戦に生きて戦に死すようなものだ。それはフェルビエらしく、確かに幸福であり、後悔はない。けれどその先は？　彼女に教えられるものは剣ばかり。本当にそれでいいというのか。それとも彼女もまた、終わらない戦に生きて死すのだろうか。

（――らしく、ないな）

目を伏せると自分のまつげに霜がおりているのがわかった。長く夜気にあたりすぎたようだ。頬もこわばり、身体の芯から冷え切っている。

（戦わねばならない）

足を踏み出しロージアは思う。

（私はフェルビエ）

終わりの先など考えていればつけ込まれる。

剣と剣、血と肉の戦いを。

彼女には、凶人ミルデ一族に、獲(と)らねばならない首がある。

それこそが戦の民であるフェルビエの誉れだろう。

生きる意味がそこにこそあると、ロージアは凍った髪を振り払い、アテージオのもとへと歩いていった。


くべられた薪がはぜる音がした。

「——え……?」

立ち尽くすロージアの向かいに座るのは、部屋着に着替えたアテージオ。動物の毛皮を張った椅子に肘を置き、彼は静かにロージアに言葉をほどいた。

ゆっくりと、丁寧に。けれど、ロージアにはその意味がとれなかった。

「聞こえなかったか」

アテージオの問いかけは、疑問ではない。ただの追い打ちだった。死に近いものに行う介錯(かいしゃく)のようだった。

「兄上、なに、を……」

ロージアの頰は、火の近くにありながらも白く青ざめていた。アテージオは浅い息をついて、もう一度ロージアへと告げた。

「ミルデの族長に、対話を申し入れる。使いとして、あの捕虜をミルデに戻すつもりだ」

「なぜ⁉」

ロージアが身を乗り出し、叫ぶ。

「なぜ、今更、そのようなことを！」

「なぜ？　今更？　私はそうは思わんよ」

アテージオは傍らに置いた白樺の杯をあおり、指先を組みあわせるようにして身を前に出した。

「頃合いだと、いうことだ。ミルデが劣勢となっている今ならば、向こうも無下に断ることはないだろう。この戦はもう無為だ。そうは思わないか」

「笑止‼」

吐き捨てるようにロージアは言う。唇の端が、痙攣するように笑んだ。

「兄上はお忘れか、ミルデの暴虐を！　我らが山脈の暮らしに怪しげな術と下界の風習を持ち込み、戦ともなれば卑劣な手段で同胞達を屠ったあの輩のことを！　父も母も、あの邪教者どもに殺された！」

「ああ。だが私達は、代わりにミルデの首を獲った」

「当然のことだ‼」

覚えているのは血の色と死のにおい。親しき者のそれは、胸にあまりに深く残る。

先代の族長、兄妹の両親は戦に死んだ。ミルデに殺されたのだ。そしてそれに応えるように、フェルビエはミルデ族長の首を獲った。両族の頭の首を晒しあう、先代から今代へと至る交代劇が、ロージアの知るこの戦の中でも、最悪といって差し支えのない惨劇だった。

その頃ロージアはまだ前線に立つことを知らず、兄のそばで守るよりも守られていた。あの時代を一体いかに越えたのか。自分の経験でありながら、追憶出来ないほどに、悪夢のような日々だった。

「私達の受けた屈辱を思えば、余りある!! 当然のことだ、その上、あいつは、あの男は――!!」

父と母を失いながら、血とともに剣を抱いて駆け抜けた、あの思い出は夢まぼろしのようであるのに、それよりもっと鮮明に、脳裏に焼き付いてフラッシュバックする情景があった。

戦に集落を焼かれ、新しい住み処を求め、互いの部族が逃げ惑っていたあの時。両族は互いの先代を失い、あまりに疲弊し、憎しみに灼かれながらも次の一手を打てないでいた。その時に。

白い闇にまぎれて、ぼろ布のような防具をかぶって、フェルビエ本陣へと飛び込んできた男がいた。

　彼が率いていたのは少数の精鋭だった。きりりとひいた矢が放たれたと思った時には遅かった。

　ミルデの矢が射貫いたのは、その時ロージアが守りそばにいた一人の女。幼子を抱くあたたかさのために、甲冑(かっちゅう)を拒否した、フェルビエの雪蟷螂。

『義姉上っ――』

　彼女の背からは吹き出すように血がにじんだ。

　雹(ひょう)のように降りそそぐ矢を剣ではじきながら、ロージアは雪に倒れた義姉を助けようとした。

『……だめよ、だめ』

　内臓をやられた彼女は、口元から落とす血をそのままに、絶命の時にありながらただ、我が子を抱く手を強くした。

『この子は……あげない……』

　すべての痛みから我が子を守ろうとするかのように。抱かれたアルテシアは瞳を見開き、泣き声ひとつ上げることはなかった。

　不意に矢が止まり、ひとりの男が進み出た。

　あざやかな色の、ミルデの紋を肩からかけた、敵族の男。

『なんだ？　ずいぶん立派な装いをしているから蛮族の頭かと思えば、女じゃあないか』

　その低く深い、そして吐き気がするほど軽い言葉を、きっとロージアは生涯忘れはしないだろう。

『つまらん。外れか』

　その呟きは、どれほど鋭利な剣よりも、ロージアの胸をえぐった。

　誰が。

　なんだと？

『貴様ァ――!!』

　そして激情のままに剣を構え、男に斬りかかるロージアの剣を。

　いとも簡単に彼は流した。

　怒りにまかせて振るってくるロージアの太刀を遊びのようにはじき、彼女の肩を裂いて間合いをとった。

　笑みさえ浮かんだ瞳の色は黒。髪と髭もまた。そして彼は、乱雑なさばきでロージアを雪原にあしらい、吐き捨てた。

『下がれよ、雌虫』

　脳の奥まで凍りつかせる、屈辱という激しい吹雪。

騒ぎを聞きつけたフェルビエが雪を踏みやってくる音を聞きつけて、男は笑った。

『今日は挨拶に来たまでだ。女、お前の族長、蛮族のアテージオに伝えろ』

大きな剣を肩に担いで。

彼は悪魔のように笑った。

『俺の名はガルヤ。蛮族の喰ろうたミルデの息子。これより先、ミルデの未来は俺が預かる』

名を、刻む。

その凄絶な笑みを刃に。

『幾百のミルデの死者の魂をもって』

彼は、ロージアの、名を問うことさえしなかった。

『蛮族に死を』

怒りと屈辱に、身が動かなかった。そしてそれこそが、何度も夢にあらわれるほどの後悔となった。

あの夜を。

流れた血を。

絶望の色彩を。

ガルヤの言葉を。

ロージアは決して、忘れない。

「――ミルデのガルヤの首は、私が獲る!!」

奥歯を嚙みしめ、絞り出すようにロージアは言った。それが彼女の誓いであり、彼女はそのために、血を吐くような鍛錬を重ねたのだ。

彼女の魂に消えない傷を負わせた。

あの男を屠るために。

そんなロージアを、アテージオは両手を組みあわせたまま、見透かすように静かに眺めた。ロージアは怒りの震えのままに言う。

「対話など応じるものか。あの男が、父と母、そして義姉上を殺したあのミルデが――」

義姉、とロージアが言葉に出せば、アテージオの表情に影が差すのがわかった。そうだ、アテージオとて、恨みのないはずがないのだ。

しかしアテージオは、静かに目を伏せて、低く温度を感じさせない声で言った。

「……皆を殺したのは、ミルデか?」

愚問を、とロージアが声を荒らげる前に、アテージオは言葉をすべり込ませた。

「本当にミルデなのか。――この戦、そのものではなかったか」

ぐっとロージアは歯をきしませた。

（恨みます、義姉上……！）

貴方は優しかった。貴方は麗しかった。貴方はまさに猛々しき雪の蟷螂だった。

だから彼女はアテージオの魂を喰って、そして死の山まで持ち去ってしまったのだと思った。

「蛮族の誇りを忘れたのですか、族長‼」

幼い頃から、その背を追っていた。アテージオはいつかフェルビエの長となり、自分はその背後で一生を終えるのだろうと思っていた。

彼がいてこその剣だった。そのはずなのに。

誰よりも強かったはずの兄が、腑抜けてしまったことがやるせなかった。

彼が出来ないのならば、フェルビエの戦士を率いて、ロージアが戦地に赴くつもりだった。

けれどアテージオの答えは、ロージアの覚悟よりもずっと、絶望を呼び覚ますものだった。

「……お前には、奴の首は獲れない、ロージア」

目の前が赤く染まる。

あの日の血の色のように。

屈辱が、記憶と血を逆流させるようだ。

「なぜ、なにゆえに!! 私はフェルビエだ!!」

この熱が我が命。

この血こそが。

「私は戦士だ、誇り高き、冬の蟷螂だ——!」

いつの間にか、ロージアはうなだれ、自らの視界を手のひらで覆っていた。その肩に、アテージオの重く固い手が載せられた。

「殺すばかりが、剣と思うな」

わからない。

なにも、わからない。

「——これは族長の命だ。逆らうことは許さない」

目の前が暗く、帳が降りるようだった。

ゆっくりとロージアは顔を上げると、寄り添うように生きてきた兄の顔を覗き、赤い唇を震わせながら言った。

「……わかり、ました……」

決意を胸に、深く秘めて。

そして雪蟷螂の族長の妹、白銀のロージアは、愛した兄を裏切り、自分の誇りに殉じることを決めた。

粛々とアテージオの命をこなしながら、ロージアはすべてを決めていた。対話を望むというアテージオの言葉を伝えたが、ミルデの捕虜の耳に唇をつけて、その伝言にはいくばくかの改変を加えた。

「――ミルデの族長、ガルヤにこう伝えるがいい。フェルビエは、この山に蔓延(はびこ)る呪病に効く薬を手に入れた。薬を分け与える代わりに、対話を望むと。フェルビエ族長アテージオは、ひとり宝城のあとかたにて待つ」

宝城のあとかた。

それは山脈の奥、雪に閉ざされた場所に立つ、朽ちかけた城の名だった。

かつてそこには山脈を統べていたひとつの王国があったと言われるが、今はもう、誰のものでもない。

白亜の残骸は、アルスバントの聖地とも呼ばれる。

「薬を手に入れたくば――必ず、ひとりで来い」

指定した日付は、アテージオが示したものより一日早く告げた。

ひとりで行き、ひとりで戦うつもりだった。そのために、薬があるという方便も加えた。アテージオは、「あの男は来る」と言っていた。

ひとりで来いといえば、必ず来ると。

ロージアもまた、その言葉に同意していた。

あの男は来る。

ガルヤは来る。

迎え撃つのは私ひとりでいいのだと、そう思うだけで、なぜだろう、ロージアの胸は、歓喜のように騒いだ。

——邪教信仰のミルデに絶望を。

そしてあの男に。

私の名を。


ロージアのその裏切りを、アテージオではなく天が憂えたのか。その日、山脈の空は凍てつくような牙を剥いた。

突風にあおられた氷片は、肌を裂くだろう。

望むところとロージアは思った。

それこそが似合いだと、彼女は笑った。

夜明け前、兄であるアテージオの戦装束と同じものを身にまとった。戦いに生きるフェルビエの部族には古く、族長に替え玉をたてる風習がある。今はもうすたれつつあったが、ロージアは時にその役目を果たしていた。ロージアとアテージオでは、背丈に差があったが、雪の戦場で装束をまとえば敵の目ぐらいは誤魔化せる。

長くは保たないだろうとロージアにはわかっていた。

自分のたくらみは、きっと兄に露見する。

しかし長い時など必要もないと思っていた。

交わすのは言葉ではない、剣なのだから。

宝城のあとかたは朽ちかけた石の壁にびっしりと雪を張りつけ、白い木々の間に幾百の時を越えて佇んでいた。

やがて獣と、男の影。

白い闇の中で、あらわれたその姿を、ロージアは剣を握り、歓喜とともに迎えた。

「――嵐になったな。蟷螂どの!!」

ミルデの第一声はそんなものだった。外套により半分以上顔が隠れていたが、鼓膜を震わせるその声は、ロージアの胸に届いた。

間違いはない。

あの、男だ。

ガルヤは自信に満ちた足取りで、躊躇うことなくロージアのもとに歩いてきた。

「こうも荒れていては、話もままならんな！　まったく敵(かな)わん！」

呵々と笑う、その声は、雪の風にあおられどこか遠かったが、はっきりと聞こえた。

ロージアは彼の言葉に応えずに、剣を鞘から抜き取った。

「ほう」

ガルヤの歩みが止まる。

「どういうことかね」

「こういう、ことだ」

ロージアは、仮面を投げ捨てる。

そこにあらわれた、赤い唇に、激しく美しい表情に、ガルヤはひゅう、と口笛を鳴らした。

「どうした、」

彼女のことを覚えているのかいないのか。ガルヤはただ、暗く笑った。

「自害の助けを、わざわざこの俺に頼もうと？」

明らかな嘲笑。けれど乱れることはないのだとロージアは思った。自分の心は静かだ。静かに、けれど確かに、この嵐のように猛りくるっている。

「我らが雪蟷螂の誇りにかけて、フェルビエ族長、アテージオに代わり、幾百のフェルビエの死者の魂をもって」

静かに構える。

「――貴君の首を、頂きに来た」

頬を駆けていく冷気の痺れ。細い雪の刃が肌を切るというならば切ればいい。戦場に、美しさなど、微塵もいらない。

ガルヤは唇を歪めた。深くかぶった外套の下、それだけしか表情は読めなかった。

「やれやれ……」

ゆっくりと剣を抜き、肩に担いで。

「そのためにこうまでして一人で来たというのか。少しは頭のある者があらわれたのかと思えば……。それだから、お前達は、古くさい阿呆だと言うのだ」

ひとつだけ聞いておこうかと、ガルヤは言った。時折、吹き上げる嵐により視界の混信をおこしながらも、最後に彼らは言葉を交わしあった。

「……呪病に効く薬なんぞ、本当にあるのか？」

しばしの沈黙。

ロージアは、静かに答えた。

「邪教信仰のミルデには、死こそが特効となるだろう」

違いない、とガルヤが嗤(わら)った。

それがはじまりの合図だった。


剣を振るう腕は重たかった。

辺りは吹雪。身を切る氷片の嵐である。じきに足下は雪にとられることだろう。

肺を凍らす冷気。構えた剣。その間合いに対峙する。

――相手は憎き、ミルデの族長。

猛りのままに叫びながら、このために自分は生きてきた、とロージア思った。蛮族として生まれた、これがその意味だと彼女は思った。

かつて自分は未熟さゆえにたくさんのものを失った。――奪われた。この男に。

彼を殺せばこの戦は終わる。フェルビエの勝利は約束される。双方の援軍が来る前に、彼に剣を。その首を。

臆することはない。体格の差がある。懐にすべり込み、その喉もとを狙う。

終わらせる、この手で。

この戦も、吐き気がするほどの劣情も、これで終わりだ。
「──っ!!」
斬りかかったロージアの太刀を、正確に相手は返した。
自分自身の一撃の重量に神経がやられる。
もはや眼球は使い物にならない。嵐に混じる雪の刃がその表面を凍らせるから。
視覚など、なんの助けになるだろう。この両刀は、まさに己の両腕である。
ミルデ族長に曲刀を下ろす。すんで、届かない。
片手に持った短剣がはじかれる。
まだだ、まだ。
終わらない。
間合いを取り、懐剣に替え、腰を低く。呼吸を整える。
戦いの中、ミルデの族長は白い氷雪を振り切るように外套を脱ぎ捨てた。
「面白い」
白い世界にあまりに映えるその黒髪と、深く黒い瞳。
歯を見せ、笑う。
胸の奥、心臓の裏側をなでる声が、自分に放たれる。
「ずいぶんと腕を上げたな。名を名乗れ。フェルビエの女戦士よ」

問いかけに、熱が駆け上る。自分に血が通っていたことを、唐突に思い出す。

かつて雌虫と蔑んだ彼が、今、彼女に名を問うている。

そうだ、ずっと、言ってやりたかった。戦にしか生きることのない彼に、戦にしか生きることのない自分の名を刻みつけてやりたかった。

「私は」

聞くがいい。

「——私はロージア！　フェルビエ族長、アテージオの血族である‼」

絶叫するように、ロージアは言い放ち、相対するミルデの族長、ガルヤはにやりと笑った。獰猛な笑みは白い闇の中。

——目を奪われるほど美しかった。

「アテージオの血族、雪蟷螂のロージア」

彼の呼ぶ声はロージアの耳を灼き、その心を灼くようだ。

嵐のような、絶望よ。——喜びよ。

「——ミルデのガルヤよ、覚悟——っ」

その高揚のままに振り下ろす、曲刀はガルヤの額を割るはずだった。

音を立て、ロージアの剣を受け止めたのは、ガルヤがはじいたはずの彼女の短剣。衝撃。崩れるバランス。吹き荒れる白い風。

そして散る、赤い花。

「――――………っァァア!!」

凍土に倒れ、悲鳴は獣。

白い大地が血に染まる。

血は春まで黒く残るだろう。美しい春を穢すように。

多量の血はガルヤのものではなかった。

ロージアの片腕、その肘から下が、骨さえ断たれ、ガルヤの足下に落ちていた。

「フェルビエのロージア」

落ちた腕を拾い、ミルデのガルヤは額ににじむ血をぬぐいもせずにロージアを見下ろした。

「ともに来い」

なぜ、その言葉がかけられたのか。

ロージアにはわからなかった。

あざけりでも戯れでもないようだった。彼はもう、笑ってはいなかった。額から流れる血が、顔を濡らし、凍りついていく。

ロージアは自ら血のほとばしる肘を雪に差し。

「断る」

と吐き捨てた。痛みと屈辱と覚悟に歪んだその顔を見て。

ようやくガルヤは笑った。

切り落とされた彼女の腕、その傷口に歯を立てる。

それはロージアへのあざけりのようであったし、また同時に愛したものを喰らうという、フェルビエの言い伝えを真似るようでもあった。

「また会おう。……ロージア」

向けられた背の大きさに、負け犬となったロージアは血の涙を流す。

奪われた片手とともに、ガルヤはロージアの心の臓に、たとえ死しても消えることなき傷を残した。

吹きすさぶ雪の中で、涙も凍り、叫びも凍るが。

燃える劣情だけが、彼女の胸を灼く。

(殺してやりたい)

あの首を斬り。

地に叩きつけ、あの男を。

(――――喰らい尽くしてやれるなら)

かつてフェルビエは、まさにその想いこそをこう呼んだのかもしれない。

――雪蟷螂の恋、と。


どれくらいそうしていたのだろう。吹雪は止んだが、風は地の雪を舞い上がらせ、ロージアから熱を奪っていく。駆け抜けていく風の音は、宝城のあとかたを啼かせるように低く響いた。

雪に差した自分の肘は、もう痛みさえ感じられない。

身を切る冷たさに、神経が死んだようだった。

視界に、凍った自分のまつげだけが見える。

目を閉じれば終わりだと思った。

目を閉じれば、終わりだ。眠るように美しく、戦の民としてここで果てる。山脈の大地に還るのだ。

敗北は死。今更一体なんの、抵抗がある？

死すべきだとさえ思った。自分はきっと、その罰を受けるだけのことをした。

それなのに。

（なぜ）

問いかけだけが、もう終わろうとする、心の臓を激しく叩く。

(なぜ、ガルヤは)

ともに来い、と。

そして。

また会おう、と――――。

風の音に混じり、聞こえた獣の足音に、ロージアは痙攣するようにあごを持ち上げた。

なにが訪れるのか、なにに、誰に、訪れて欲しかったのか。それは決して考えなかった。

吹雪は止んだのに、視界が濁っている。

見えない。もう、なにも見えない。

目の前に影が降りる。そして手でなく刃でもなく、言葉がふりおろされた。

「立てるか」

低い声。震えることなく、惑うことなく。救いではなく断罪でもなかった。

なにごとか、返そうと思った。

「……」

動かそうとするだけで、唇が割れた。血さえも出なかった。

「お前の、部族の名を言え」

追い打ちをかける問いかけは、ゆっくりとロージアの焦点をあわせていった。映る輪郭を、その姿を、現世を、必死に象ろうとするかのように。

そうだ、私は。

「……わ、た、し は……」

衣擦れのような声が出た。

「聞こえぬ！」

叱りつけられるように言われた言葉で、ロージアは、くしゃりと顔を歪ませた。

「私はフェルビエ!!」

絶叫は、宝城のあとかたに、痛いほど響いた。

「この熱こそが我が命――」

残った腕で雪の大地をつかみ、立ち上がろうとした。けれど肘はたやすく折れて、雪の中へと倒れ込んだ。

「この血こそが、我が、宝!!」

足も重く、凍り、動かすことは出来ない。けれど、立ち上がらんと、ロージアはもがいた。醜かった。無様だった。

それでも、立ち上がりたかった。

「山脈の雪蟷螂、フェルビエのロージア……!!」

叫びは途切れた。肩をつかまれ、引きずりあげられ、抱き留められた。

強く、苦しいほどに、強く。凍りついた身体にも熱が、届くように。

耳元に囁かれたのは、小さく、絞り出すような、悲しみの声。

「死ぬな」

祈るような、その言葉に。

ロージアの視界が、にじむように揺れた。

「兄上」

言葉にして呼べば、粉々の心が悲鳴を上げて、凍る暇さえ与えずに、大粒の涙が落ちていく。

涙を落とすことなどどれほどぶりだろう。

熱いしずくなど、とうの昔に凍りついたと思っていた。涙ではなく血を流すのだと思っていた。それなのに。

「兄上、兄上、兄上――……!!」

壊れたようにロージアが呼ぶ。アテージオは抱く手にさらに力をこめた。

「――そうだ。私はここにいる。……私を、守れ。ロージア」

彼もまた、泣いているのかもしれなかった。

「もうこれ以上、誰も、私から奪わないでくれ――」

誰よりも強く、王者であった彼。フェルビエを未来へ導くために、父を失い母を失い、愛する妻を失ってもなお、強く拳を固めて言葉を殺した彼が発した。

それはたった一度きりの、嘆きの言葉だった。


その冬は、フェルビエから多くの命を奪っていった。

アテージオはロージアに多くを尋ねなかった。けれど間違いなく彼女のせいで、彼らの対話は成り立つことはなかった。ロージアは心のどこかでわかっていた。……ミルデのガルヤは、対話に応じる姿勢を確かに、見せていたのだ。けれどそれを兄に伝えることは出来なかった。

あの男のことを口にしようとするだけで、息が出来なくなりそうだった。

なくした腕に刃をくくり、すべてを忘れるために戦へと没頭したが、心をなくした戦士とはなりえなかった。

たとえ片方しかない腕でも、兄を、族長を、守らねばならないと思った。

冬が峠を越す頃には、木の葉が翻るように、ミルデとの形勢は逆転していた。

惨劇の再来のようだった。過去のそれよりも更に、過酷なものだった。

フェルビエの多くの戦士が戦によって大地に還り、また幾人もの人間が、病により無残に空へ還った。

そして冬の終わりも近くなり、最後の猛威を振るうように、一際寒い夜だった。

フェルビエ族長、アテージオは、突如として、血を吐いて倒れた。

駆け寄り、肩を支えながら、ああ、と思った。

不思議と、心は波立つことはなく。

ロージアは山脈の民であったから、真の絶望は、雪のごとき真白さであった。

(これで、終わりなのか)

なによりも鮮明に、敗北を感じた。

肩を貸すほどに近づいて見れば、アテージオの容貌はもう、あまりに衰えていた。しかしそれはまた、病に冒されぬロージアでさえも同じであったから、こうして血を吐く段に至るまで、誰も気づかなかった。

否、気づきたくなかっただけかもしれなかった。

山脈に突如として吹いた死の風は、フェルビエを滅ぼすのだとわかった。

ここしばらくは大きな衝突がなかったが、どれほど死力を尽くしたところでもう勝ち目はない。自分には片腕がなく、跡継ぎであるアルテシアはまだ、懐剣しか握れない。

終わりだと思った。

それは彼の病を知ったフェルビエすべてが感じた終焉(しゅうえん)だった。けれどその中で、アテージオだけが、行動を起こした。

「魔女の谷へ」

みるみる衰えていく実兄は最後の望みとして魔女にすがった。

折しも季節は絶冬の終わり。山脈の民があの隠者の谷へと足を踏み入れることが出来る、ほんの一瞬。未来をうしなった族長は他者の託宣に自分の運命を占わせることを選択した。自分の意志以外の、なにかを求めた。

ロージアはその片腕で、アテージオを抱きかかえるように、魔女の谷へと向かった。


「――ようこそ、フェルビエ」

姿を見せた自分達フェルビエの兄妹に、暗い洞窟の中、魔女は笑った。

幼い器の口元だけを見せ、二人が来ることなど百年も前からわかりきっていて、それでもなお笑わずにはいられない、そんな笑みだった。

「ようこそ。これで役者は揃ったよ」

どういうことかと、問いかけることさえ難しいほど、二人は疲弊していた。

通された洞窟の奥。

そこにいたのは。

「――待ちくたびれたぞ。フェルビエ」

ロージアは、自分の心臓が数秒、拍を打つことも忘れるのを感じた。どれほどやつれ
どれほどかすれていたとしても、その声を聞き逃すわけがなかった。どれほどやつれ
衰えていようと、その姿を見間違えるわけがなかった。
そこにいたのは、ミルデのガルヤ、その人だった。
山脈の雪蟷螂、蛮族フェルビエ。
相対するは、邪教信仰の凶人ミルデ。
戦がはじまる以前よりもはや数十年、一度も叶うことのなかった族長の対面。それが
今。この時に。まるで運命のように。
なぜ、と思う。
なぜここにミルデのガルヤが。魔女の谷への道行きは細心の注意を払った隠密である
はずだった。それを待ち伏せ、決闘でも行うというのか。それなら、アテージオにもう
勝ち目はない。
戦うのならば、自分がこの片腕でも。そう思った時、彼の様子に気づいた。
「お前が訪れるからと……ここで待っていれば……魔女よ。これは、天罰だとでもいう
のか。……俺達は……」
呟きは疲れ果てていた。ミルデのガルヤ。その目はくぼみ、瞳は濁り、頬は痩せこけ。
色素の沈殿し黒ずむ肌。

その症状はまさに、目前に立つアテージオと同じもの。

フェルビエの兄妹は悟り、息を吞んだ。

山脈に吹く死の風は、ミルデにもまた等しく吹いたのだった。

生まれてはじめて、神の存在を感じた。二人の族長を並べ、見比べた魔女は、その運命の皮肉を愉快そうに笑った。

「天罰と言ったねミルデ。魔女もそう思っているよ。この病は山脈の呪い。君達の誰のものでもなく、そしてすべてに落とされた天の裁きのようだったよ」

魔女は笑っていた。

彼女の笑いは、あまりに無邪気で、それゆえに、空虚だった。

「いいことを教えてあげるよ。この病魔はね、この冬を越えることが出来ずに、山脈を去るよ」

けれど病人は決して快癒することはないよ、と魔女は、無邪気に笑いながら死神がごとく告げた。

「それが魔女の答えだよ、ねえ二人」

二人の族長。ひとりの魔女。立ち会いをしたのはロージアひとりだった。

ミルデのガルヤは病に冒された身でありながら、単身、誰にも告げずにここまでやってきたのだろう。

「……病魔は、去るか」

アテージオが、ため息のように力なく問えば、「ああ去るよ。この病魔は山脈の冬を越えられないよ、だから」と魔女が頷く。

「だから、君達が死んでも、山脈は滅びないよ。当分の間だよ。それは保証してあげるよ」

その言葉は、二人の君主の心に一体どう響いたのか。二人はずいぶん長い間、鞘に入ったままの自分の剣を指先でたどった。

その姿を、ロージアは、呆然と見つめた。

滅びゆく人々の君主であるのなら。未来に続くものがなにもないのなら、彼らは最期の力で互いに決着をつける道を選んだことだろう。

しかし魔女は、民は続くと言った。

二人は、最後の君主にはなりえなかったのだ。

「ミルデよ」

アテージオが目を閉じ、呟く。しかし続く言葉はなかった。

呼ばれたガルヤは喉の奥で静かに笑い、自分の顔を手のひらで覆いながら、染み入る声で言った。

「実にくだらない、人生だった」

そしてどちらともなく結論を出した。対話や協議など必要はなかった。今まさに同じ場所で同じ空気を吸い、そして同じ病魔に蝕まれていたからこそ、言葉はもういらなかった。

「谷の魔女。証人となってくれるか」

「フェルビエとミルデの存続と統合。そして恒久なる和平のために」

どちらともなく、こう告げた。

「この凍血戦争に、終焉を」

それが二人の答えだった。

中立の魔女は証人となった。

見届けたのは、ロージアひとり。

「いいよ、この魔女で良ければ、証人ぐらいはいくらでもなるよ。だって魔女は死なないよ」

谷の魔女は二人の決断に驚くでもなく異を唱えるでもなく、安穏と煙をくゆらせながらゆっくりと、提案でなく、やはり託宣を与えた。

「でもすぐは無理だよ。誰も納得しないよ。まずは停戦だよ。十年、十年だよ。……その間なら、死した君達の威光もなんとかもつよ」

「――そののちは」

「二つの異なる部族の統合だよ。太古の昔から、変わり映えのない方法があるよ」

婚礼だよと、魔女は言った。

「婚礼だよ。それは盟約だよ。それは愛だよ。それは血だよ。血を混ぜるんだよ」

戦の世にありながら、アテージオがその背に守りきったのは、彼が愛した女の忘れ形見。精霊のような少女アルテシア。

そしてガルヤにもまた、ひとりの息子がいた。その存在を、とうの昔にロージアは知っていた。戦を率いるミルデの族長。彼には妻があり、子もあるということ。

その子らは、まるでそのために生を受けたかのようだった。

「……あの息子に、雪蟷螂を娶れというのか」

ガルヤは低く笑った。彼もまた、自分の息子にアテージオとは違う特別な思いがあるようだった。その笑い声は、ロージアの胸を突いた。

婚礼。二つの部族が、添い遂げる。

「それで、未来は約束されるのか」

歯をきしませながら、アテージオが聞く。魔女は笑った。

「約束される未来などないよ」

彼女の言葉は山脈の雪よりも冷たく辛辣だった。

「ただ――悪魔は、盟約を果たすはずだよ」

ざわりとその時、洞窟の中の闇がゆらいだ、ような気がした。

「ねぇ、昔話をしてあげるよ。君達の知らない昔の話をしてあげるよ」

長い煙管を指揮棒のように振るって、魔女は朗々と言った。

「かつてこの山が鉱物にあふれる宝の山だった頃、山脈の部族はひとつの国家に従属していたよ。もはや数百年も前の話だよ。小さな小さな雪の国だったよ。小さくとも、豊かな国。その豊かさを力に変えて、すべての部族は彼らの手の中にあったよ。でもその統治は続くことはなかったよ。雪の小国は滅びたよ。小国はその富と自らの愚かさに崩れたよ。最後の王子も自らの民によりとらえられ、罪人よりも無残な形で魔に墜ちたよ。栄光の王城も、今はただ、白い瓦礫だよ」

詩人がごとき叙述の言葉。それはただの伝承か、それとも不死なる魔女の回想なのか。

「恒久なる平和など永遠に訪れないよ。けれど、平和でない世界でさえも永遠ではないよ。山脈が閉ざされたままであることさえ、時間の問題だと思うよ。いつか山裾の国々が攻めてきた時に、戦を続けていた君達は、自分の誇りとこの山を守れない」

さあ腕の見せ所だよと、魔女はアテージオに笑いかけた。

「君の娘は生え抜きの雪蟷螂だよ。この山脈で一番激しい部族の女だよ。山脈に新しい風を吹かせてごらんよ。魔女が証人になってあげるよ、だから」

婚礼だよと、魔女の声だけが、こだまする。

「楽しみだよ。魔女でさえも楽しみだと思うんだよ。君の娘は、一体どんなふうにミルデの息子を喰らうんだろうね」


雪蟷螂と呼ばれるフェルビエの女は想い人さえ喰らうという。

しかしそれはただの伝承である。誓いの口づけにおいて、フェルビエの女のつけた紅が、男の唇にうつり、血のようだった。ただそれだけのこと。

否、本当にそれだけのことか？

薄暗い洞窟の入り口で、ミルデ族長と立ち尽くしながら、ロージアは強く自分の唇を噛んでいた。アテージオは魔女に話があると言った。では、席を外そうとガルヤは簡単に言い、なぜかロージアも同伴する形となった。

同じ空気を口にするだけで、なくした腕がひどく疼き、残った利き腕を、曲刀から離すことが出来なかった。

今、斬りかかれば、この男の首が獲れるのだろうか。

出来るはずがなかった。病に冒され満足に剣も握れない相手の首を獲って、一体なんになる？

戦が続くのならば意味もあったかもしれない、けれどもう、戦でさえも終わるという。

だというのに、衝動だけが、心臓を叩く。

　息苦しい沈黙がまるで永遠のように続いた。

「……なぜ、黙っている」

　やがて沈黙に耐えきれなくなり、口を開いたのはロージアのほうだった。相手のほうは振り返らなかった。だからどんな顔をしていたかわからないが、ただ、くっと喉の奥で笑う気配だけを感じた。

「なにを、言えと？」

　かっと、熱が耳まで上がった。喉から鉛を流し込まれるようだ。殺してやりたい、と激情が胸を灼いた。

　その程度の扱いなのかと思った。アテージオの妹として、仇敵として、強く相手の胸に刻んだのだと思っていた。そう思うことで自分をなぐさめていた。

　戦に生まれ、戦に生きた。このまま死ぬのだと思っていた。血を残す必要もなく、誰かを愛することもなく。

　それなのに。

　……はじめて剣をあわせたあの日から、自分は一度も忘れたことがないのに。

「ああ、そうだ」

　と、ガルヤは雪原を遠く見つめたままで、他愛のないことのように囁いた。

「お前の腕は、俺がもらい受けた」

驚き、振り返る。立っていることもつらいのだろう。半身を洞窟の壁に預けて、ガルヤは笑っていた。病のせいか、面影はずいぶん変わっていたが、それでもやはりその瞳は深かった。その深い瞳を静かに閉じて、安らぐように彼は言った。

「お前の腕は俺がもらった。死の山まで、持っていく。……代わりに欲しいものがあるか」

ミルデの永遠。

私の腕。

痛み。口づけ。殺意。赤い血。

——ああ、吐き気がする。

「貴方を」

風よ吹け。

嵐よ起これ。

この声を、この言葉を、かき消してしまえ。

「あなたを、喰べたい」

たった一本、残った手首を引かれた。ガルヤの痩せた手が、ロージアの腕を引いた。

それがたった一度の情交だった。抱きしめられることさえなく、口づけのひとつも交わさなかった。

息の届く距離にあってさえ、山脈の冷たい風が、互いの熱を奪った。

男と女は分厚い手袋をしていた。

その事実だけが、それからのちも、女に身を灼く後悔を残した。

男の体温を感じられる、たった一度を、女は逃した。

「悪いな」

ロージアの腕を引き、彼女を覗き込みながら、ガルヤは間近で笑い、静かに言った。

「お前とともに俺が逃げれば、ミルデは滅ぶ」

血が二人を引き裂いたのか。

時代が二人を引き裂いたのか。

否。

剣を交わさなければ
愛しあうことさえも、きっとなかった。

「谷の魔女よ」

洞窟の奥では、アテージオが魔女に、静かに問いかけた。

「……この盟約が、あと、十年早ければ……」

ため息は後悔か、それとも避けられぬ運命への諦観か。

「結ばれる二人は、私の、子供らではなかったはずだ」

苦汁をなめるようにアテージオは言った。彼は厳しい兄であり、同時に優しい兄だった。

くすりと笑う、声がする。

「その仮定は愚かだよ。たとえ問いかけであったとしても無意味だよ。優しさとしてもあまりに馬鹿馬鹿しいよ」

すべてを見通す谷の魔女は、起こらなかった過去には興味がないというように、静かにアテージオに囁いた。

「十年前なら殺しあいだよ。殺しあわねば生まれない恋だったということだよ。どちらも地獄で、どちらも楽園だよ。そして地獄と楽園のどちらが幸福であるかはわからないよ。それは当人しか知りようのないことだよ」

ただね、と谷の魔女は、予言でも託宣でもなく、ほんの思いつきのように、言葉をひとつ、添えてみせた。

「……雪蟷螂の愛は深すぎる。それが希望でもあり、また等しく絶望のようにも見える。彼女の恋情は……なにかを起こすのかもしれないね」


ロージアの片腕、その手の中に、ミルデの族長は小さな金属片を握らせた。

それは鍵。どこの、なんのものかはわからない。けれど小さなその鍵は、その小ささに反して、ひどく重たかった。

ロージアの耳元に唇を寄せて、ガルヤは言う。

「俺のすべてはお前にはやれない」

だから、と囁きは低く、かすれていた。

「俺の永遠をお前にやろう」

そんなものいらない。

なにもいらない。

「……ロージア」

あなたを喰べたい。

集落へと戻ったアテージオは、誰よりも先に、娘であるアルテシアに向きあった。

小さなアルテシア。

戦の時代に生まれ、死に行く母の胸に抱かれた少女。雪の精霊のように表情を殺した彼女は、生まれながらにフェルビエの長となる行く先を定められ、そして今、その身と心さえも、母を殺した敵族の息子に明け渡せと命じられる。

戦のために戦士として生きろといい、平和のために女として死ねという。

運命というにはあまりに無惨なその未来を、一体どんな思いで迎えるのだろう。

拒むことはないだろうとロージアは思っていた。

きっと拒みはしない。少女の凍った横顔は、生まれながらに覚悟をしている。

従順に頷くばかりだろうと思っていたが、アルテシアはひとつだけ、問いかけを囁いた。

かすかな声で。

透明な瞳で。

「春は、美しいですか」

アテージオはその答えとして、小さな彼女を抱きしめた。

それが、病に死した族長の、最後の抱擁となった。

アテージオとロージアは、ただアルテシアが生き延びる道を探した。フェルビエすべての家をまわり、アルテシアとよく似た年格好の娘を探した。

よく似た年。そして同じ髪と瞳。美しい容貌の娘を迎え入れ、アルテシアの影武者とする。

休戦となることが身の安全につながるわけではない。こちらから戦いを仕掛けられない以上、これまでよりも暗殺の危険は高まる。

アルテシアには影武者が必要だった。

そしてそれ以上に、彼女には剣が必要だった。

生きるために。殺されないために、心だけでなく身体も、誰よりも強くならねばならなかった。

剣を教えることとなったのは白銀のロージアだった。

彼女のすべてをもって、アルテシアを育てた。抱いてやることも、なでてやることも出来なかったが、アルテシアはロージアのすべてを吸い上げるように、驚くほどの速度で剣の腕を上げた。

彼女の戦に備えるように。

雪蟷螂の名に恥じぬように。

結局、アテージオは長く保つことはなかった。病魔に冒された者としては、驚くほどの執念であったが、短い山脈の夏が来る前に彼は死んだ。皮肉なことに、呪病で死んだ、フェルビエでは彼が最後のひとりとなった。

彼の葬儀、死に際にさえ、アルテシアは涙ひとつも落とさなかった。

その隣に寄り添うように、手のひらを重ねて、身代わりの少女が立っていた。

ミルデとの休戦。そして和解への道程を行くということ。蛮族とさえ呼ばれるフェルビエ達は反発した。かつてのロージアのように。しかし、氷血戦争最後のフェルビエ族長アテージオは、その死をもって一族の民を説得したのだった。

時を待たず、ミルデ族長ガルヤも、死の山へと旅立ったと報告を受けた。

首からかけた、古びた小さな鍵がなんなのか、もう永遠に答えは出ないのだと、ロージアは思った。

忘れられると思っていた。

あの邂逅(かいこう)から一度も、死に目にさえも会うことはなく、ただの淡い幻想だったと思い込もうとした。

彼の名を唱えるたび、彼の姿を浮かべるたび、なくした腕が凍えるように痛んだが。

それさえも幻だ。

消えないのは、自分の罪ばかりなのだとロージアは思った。

(私の恋は叶わなかった)

永遠をお前にやるといった、ガルヤの言葉は、ただの戯言(たわごと)。

ミルデのガルヤは死の山で、先だった妻とともにあるに違いない。
もうすぐ夏も来るというのに、ひどく寒い夜だった。霜の降りた山脈の凍土に立ち、
ロージアは遠く、ミルデの集落がある方向を望んだ。
吹きすさぶ風は、溶けかけたはずの雪の表面をより鋭利なものにしていく。
嘆くことさえ許されない。浮かぶ涙も、凍るから。
ロージアは静かにまぶたをおろして。
魂までも凍れと、静かに願った。

第六章　永遠の欠片

アルテシアは死んだ、とオウガは言った。

嵐の夜だった。白い風が外を凍らせていた。はぜる薪の音も大きかった。

珍しくもルイの――アルテシアの寝所にやってきたオウガは、ルイを見ることなく、窓にその指先をつけて、白く濁る外を見ていた。

腕を伸ばせば指先も見えなくなるような、白い牙の夜。

『聞こえなかったか』

とオウガは言った。

『雪鳥の伝令が入った。昨日、魔女の谷付近の集落の民が地響きとともに雪崩に巻き込まれた。生き残りの話によれば、魔女の谷が地形を変えるほどのものだったという。あの阿呆達が順調に魔女の谷に着いていれば、丁度巻き込まれた可能性が高い』

ルイの頬はただ、小さく痙攣した。

笑おうとする衝動と、笑ってはならないという理性。馬鹿馬鹿しいとあざ笑ってしまいたいのに、それは彼女の主のする仕草ではないから。

オウガの言葉は事実だったのかもしれない。けれど真実ではない、とルイは思った。

地が割れ星が落ちようとも、そのこととアルテシアの生き死にには、なんの関係もないとルイは思った。口に出すことさえも億劫(おっくう)だった。

その沈黙を絶望ととったのか、オウガはそれ以上言葉をつなげず、部屋から出ていった。

それらはほんの、数日前のことだ。

ルイはオウガの言葉を信じなかった。決定的ななにかが訪れるまで、たとえそれが雪解けの季節になろうとも、他人の言葉など決して信じないと、ルイは心に決めていた。けれどそう思いながらも、懐剣をなでている自分がいた。鋭利な刃をなぜながら、

(死なねばならない)

とルイは思う。夜の静けさが心を乱してめまいを連れてくる。

もしも、アルテシアが死したのなら、自分もまた死なねばならない。あるいは。

(――殺さねばならない)

そう、死ぬ覚悟があるのならば、自害も殺害も同じことだ。

オウガを殺そう。

反撃されて殺されるのならば、それもよし。

——あの男を殺せば、アルテシアの死は、隠し通せるかもしれない。

その深い絶望は、まるで喜びのようにルイの心の水面を揺らした。ああ自分の中にも蛮族の血が流れていると、ルイは今更ながらにそう思った。

その覚悟が出来てしまえば、不安と絶望の震えもおだやかになった。それでも、鏡の前に立ち、今はいない君主の面影をそこに見れば、不安とため息ばかりが吹き出すようだった。

それを振り切るように、ルイは寝台に横たわるときつく目を閉じて思考した。

アルテシアは生きている。アルテシアは帰ってくる。

だとすれば、自分のするべきことはなんだと、自問する。

（もしも先のミルデ族長の首が戻らなければ）

いいえ、戻ったとしても。

（本当に、戦を？）

彼は憤っている、とルイは感じていた。理屈ではなく、近い距離にあることで胸に響くなにかだった。彼は憤っている。フェルビエに対して？　アルテシアに対して？　それともこの理不尽な婚礼に対して？

（いいえ違う）

とルイは思った。彼女には奇妙な確信があった。

（彼は、自分の父親の首のゆくえを知っている……？）

だから、決して自分から捜そうとしないのではないかと思った。下手人が誰か。それがミルデの手の者であれば、今回の件はただの自演である。戦をはじめるために理由だけをつくりあげたにすぎない。

（戦の、利は）

数え上げればきりがなかった。厳しい山脈の地だ。食も家畜も人力でさえも、奪い取りたくなるほど貴重である。

（けれど）

彼は戦を、ミルデの民のためだと明言はしまい。彼は憤っている、とルイは心の中で繰り返した。もしも今戦が起きるとするなら、それは私闘であるのだとルイは思った。

私闘、そうだ。

（彼は、恨んでいる）

ルイははっきりとそう思った。

誰かを。

――なにを？

唐突に、寝台に横たわる自分の身体に冷たさと重たさを感じた。心臓に圧迫を感じる。

目を開けたいのに、まぶたがひどく重たい。

鼻の奥が強く痛んだ。痛覚があるというのに、意識が急速に落ちていくのを感じる。

それが不可解であると思う余裕さえなく、訪れたのは、闇。そして、誰かの──

†

冷たい廊下。

走る音。

閉ざされた扉。

自分の息の音がうるさかった。

心臓の鼓動さえ、止まってしまえばいいと思った。

扉が見える。自分は禁忌に触れている。だからなんだ。

赦(ゆる)されることなど、とうの昔に諦めた。

この身こそ、この心こそが罪の証だ。

永遠をお前にやると言われた、彼の言葉を嘘とは思わなかったが、永遠の受け取り方など知るはずがなかった。ただ罪だけを抱いて死ぬつもりだった。

悪魔のような囁きを聞くまでは。

それはフェルビエを蔑むミルデの、あざけりの言葉。

（尊き先代。その永遠生は、死してなお今も、貴様の――）

生きたまま火あぶりにされたとしても。兄を裏切ろうと一族を裏切ろうと。

――私はこの罪に殉ずる。

たどりつく。ここは、ミルデの民でさえ入ることは許されない神の間。

自身の首をたどり、胸元から取り出すは、小さな金属。

貴方が、私にくれたもの。

指が震えて、うまく鍵穴に入らない。片腕であることが、もどかしいと、久方ぶりに思った。

失ったものは大きかった。けれどこの鍵こそがその対価。

たった一度の交歓に、貴方が、私にくれたもの。


（俺の永遠を）

開くはずのない扉。

ミルデの永遠。

恋い焦がれた、私の命。

(お前にやろう)

たったひとり。

貴方を、喰べよう。

†

目覚めは唐突だった。

息を吹き返すように、思わずあえぐ声が出た。その声に飛び起きて、ルイは肩を揺らした。額ににじんだのが、自身の汗だと信じられなかった。

(今のは)

夢を見た。

(夢?)

思わず確かめたのは。己の右手。

それが、ある、ということ。

「!」

突然、誰かの笑う声を聞いた気がして、天井を仰いだ。辺りには薪のはぜる音だけがしている。

——子供の笑い声など、どこにもない。

ないはず、なのに。

「——陛下」

囁くようにルイは名を呼ぶ。耐えきれず、求めるように。

「陛下、アルテシア陛下……」

貴方を待っている。貴方を信じている。

貴方のために死ぬ覚悟と、貴方のために生きる覚悟がある。

喉を鳴らし、きつく目を閉じて、ゆっくりと開いて。

闇の中、ルイは立ち上がった。

手には懐剣。

時は明け方。外はまだ闇の白。

息を殺し、ひそめて、立ち入るのは、開いたことのない続き部屋。オウガの寝室だった。

「——」

窓の白さよりも目を引いたのは、暖炉の火に赤く照らされた横顔。

寝息はなかった。まぶたがおりた顔は端整だ。

ルイはその胸元に手をかけた。固い鎖骨を、静かにたどり、その奥にあるものに指を触れようとした、その時。

「!!」

手首をつかまれ、折れそうなほど強い負荷がかけられた。悲鳴を上げる間もなく、身体が反転し、地に叩きつけられる。

したたかに頬を打ち、銀糸の髪が、はじけるように広がった。

「なにをしている」

問いかけとともに今度は首をつかまれた。ルイの細い首はオウガの片手にすっぽりとおさまり、喉が圧迫されて、答えようにも声が出せなかった。痛みよりも苦しさを感じ、あぶら汗が浮かぶ。

オウガはしゃがみ込むこともなく、腰を曲げるとルイの髪に手を入れ、その銀の髪をわしづかみにすると顔を上げさせた。

「くっ……」

痛みにうめくと、よりいっそう手に力がこめられた。

「……フェルビエの売女(ばいた)が。夜這いでもかけにきたのか」

ルイは薄く目を開けると、痛む頬を持ち上げて、「ええ、そのとおり。ミルデの族長さまは意気地なしで、お相手をして下さらないから」と囁いてやった。

オウガの笑みが凍り、もう一度地に叩きつけられ、固い靴で腹を蹴られた。

思わず咳き込み、胃酸が逆流する。それを吐き出すすんでのところでこらえたが、腹部は熱を持ったように痛んだ。あざとなったかもしれない。

(顔でなくてよかった)

とルイは場違いなことを思う。もっとも、このままでは、顔も無事では済まないのかもしれないが。

「これが淫売の身の捨て方か。俺を殺してあの女の死を取り戻すつもりか」

その姿を見下ろし唾を吐くようにオウガが言った。

ルイの頬が引きつった。それが笑みだと、オウガに届いたかどうか。

「陛下は生きています」

痛みにかすれる声で、ルイは言う。

「私の陛下は、戻ってまいります。だからその前に、私は私の出来ることをいたします」

お話をいたしましょう、とルイは囁いた。

「すべての真実について。誤魔化すことなく、茶番もなく」

「……なにを、話せと」

見下ろしてくるその視線は暗かった。

ああ、一足先に殺されるかもしれないなと、ルイは心のどこかでため息をつく。

それでも、瞳の力はゆるめなかった。殴られても、殺されても、引くものか。

自分は真実に手をかけていると思った。

「ガルヤさまのことです」

凍りついたようにルイを見下ろすオウガ。

言いながら、ルイはさきの夢、自分の思考をたどった。

「――理由は申せません。理由は申せませんが、族長ガルヤの首を奪ったのは、確かにフェルビエの……フェルビエの女、だったのではないか。私はそう考えます」

しかしそれは本当に冒瀆だったのか。

フェルビエにとって、死は終わり。大地に還り、魂は死の山へと向かうこと。

生と血こそがすべてだ。

死した身体に永遠が宿るという考え方は、フェルビエの者だけでたどりつかない。

略奪は、本当に冒瀆だったのか。

「族長さまは本当は、ご存知なのではありませんか。貴方がそれを内々にさえ公表出来ず、婚礼に乗じて暴き立て、混乱を起こそうとするのは、ミルデを憎んだフェルビエの仕業だからではなく、ミルデのガルヤを愛した……」

違う、とルイは思った。

自分の言葉は、間違っている。一方的なフェルビエの恋慕であれば、隠す必要などありはしまい。憎しみにすり替えることなど容易だろう。

佇むオウガ。その乱れた夜着の胸元に光る。

神の間へと至る、小さな鍵。

その鍵を知っている、とルイは思った。

「いいえ」

ルイは確信をした。

「――ガルヤが、愛したフェルビエだから。……違うの」

オウガはルイを見下ろし、その表情は凍りついたように変化がない。

(フェルビエの、女)

ミルデの神の間。

お前もここに眠るかとオウガはアルテシアに言ったのに、どうしてだろう、ガルヤの妻は、ガルヤの隣ではなく、息子オウガの寝室に眠っている。

族長の永遠生。ともに横たわるは妻でなく。

(……女の、手首)

永遠生の略奪が、決して冒瀆ではなかったように。

あの手首もまた、戦果ではない。

「――ロージア、さま」

こぼれたのは問いかけではなかった。疑念さえ覚えなかった。それはもはや考え得る選択肢でさえない、とルイは思った。

それが、答えだ。

次の衝撃は胸元にきた。今度は身体がはね飛ばされ、木の葉のように宙に浮かんだ。そのまま背後の扉に背骨があたり、息が止まるのをルイは感じた。

「黙れ。黙れフェルビエの取り替え子……!! だとすればどうする、許されることだとでも言うのか!」

吠えるようにオウガは言った。

崩れるように倒れるルイの髪を再びつかみ、顔を上げさせる。ルイはかすむ視界にオウガをいれ、必死に彼の瞳に焦点をあわせながら、「いいえ」と囁きを絞り出した。

「いいえ、いいえ……」

愛のもとであればなにもかもが許されるとは、ルイも思うことはなかった。けれど、今はそんな問答を交わしたくはなかった。

かすむ視界の中で、黒曜のような瞳が見える。

「ミルデの族長さま——……」

その瞳に、浮かぶはずのない涙を見た。涙の形をして浮かぶ、憎しみを、悲しみを、——寂しさを。

「――――オウガ」

呼び声は、まるで吐息。

「貴方が、許せないのは、誰？」

腕を持ち上げたかった。肩が痛み、身体が痺れて動かない。それでも腕を持ち上げたかった。

憎しみで凍るその頬に触れたい、と、ルイは思った。

「オウガ。……それほど、誰を、憎んでいるの」

囁きを受けたオウガの顔がみるみる歪み、そしてルイの髪をつかむ手に力がこもった。

しかしその声はまるで、苦しむように、震えていた。

「愛がなんだ。フェルビエの雌蟷螂がどれほどのものだ。――俺の母親はどうなる」

いつの間にか、オウガの手につかまれ、ルイは立ち上がっていた。

扉に背を預けながら、自分の足で立っていた。

そして彼女に覆いかぶさるように、オウガが扉に腕をつき、血を吐くように、ただ、嘆いた。

「病の最期まで、あいつの名前を呼び、死してのちの永遠を信じて逝った、俺の母親を、どうしてくれる……!!」

その表情はもう、ルイには見えない。ただ嘆きだけが、ルイの胸をくるおしいほど灼いた。

　ルイは目を細め、上がらない腕の代わりに、目の前にあるオウガの胸に、額をあてる。

（ああ、この人は）

　この人はなんて。

（なんて、誠実な人だろう……）

　フェルビエとミルデは道を分かった部族でありながら、そのどちらもが、死する恐怖を克服せんと独自の信仰をもった。

　ミルデは永遠に身をやつし。

　フェルビエは刹那に心を焦がす。

　二つの部族の違いはそんなもので、その二つが同一であるということを、女だけが知っている。

「お優しい族長さま」

　言葉に出して呼んでみれば、自分の頬を伝った熱があった。血だろうかと一瞬思うが、落ちたしずくは透明だった。

　涙だった。

　決してこの男の前で泣くまいと決めていた、たとえ腕がもがれてもどれほどのなぶりを受けても、命ある限り本物の涙は流さないと決めていた、それなのに。

あれほど得意だった嘘の涙よりももっと熱く、重力に引かれしずくはほたほたと落ちた。

「世にも誠実な、貴方」

つけた額から、オウガの鼓動が聞こえた。胸を波打たせ、彼は生きていた。

ルイは恋の多き女だった。その自覚があった。生きていくことのなにかを埋めるように恋をして、様々なよき人と心を通じあわせた。それでも、これほどの誠実な男には会ったことがないと、ルイは思った。

絶望のように胸が痛む。

そして泣き叫びたいほどの、喜びだった。

「優しい貴方、どうかその誠実さで、私の陛下を愛してさしあげて下さい」

潰れた喉から絞り出す声を、どうにか涙で濡らして形にし、ルイは懇願した。

「永遠をその胸にもつ貴方の、その永遠の。ほんの片鱗でも構わないのです。女に味わわせて下さいませ」

女にとって、それ以上の幸福などないと、ルイは思った。

「私の、陛下を。幸せにしてさしあげて」

お願いしますと、生まれてはじめて彼女は打算ではなく心の底から、祈るように願うように、男にすがった。

第七章　宝城の弔い

どれほど質のよい睡眠であっても、目覚める時はまぶたの重たさとともに苦しさを感じる。

またそれに対して、入眠の瞬間は、いかなる時であっても快楽であると、そんなことを思った。

五感が戻る。まず感じたのは、違和感のあるあのにおい。そして次に炎のはぜる音。痛みと熱。

ああこれが、生きている証拠だと、アルテシアはまぶたを震わせた。

覚醒は苦しみを伴う。それでも目覚めないわけにはいかない。

生きている限り。

「アルテシア様……！」

視覚は最後にアルテシアのもとに還った。ぼやけた視界の中で、彼女を覗き込み、必死にその名を呼んでいたのはトーチカだった。

「アルテシア様、大丈夫ですか、わかりますか、アルテシア様!!」

アルテシアの意識はまだ夢と現を不安定に行き来しているかのようで、彼の顔をぼんやりと見つめた。

トーチカの、肌が黒く壊死(えし)した顔が見える。灰の髪の奥を覗けは、両目のまぶたに刃をいれられた目元。細いその瞳から、落ちるしずくは、驚くほどの透明さだった。

(知っている)

私は、この人間を知っていると、アルテシアはある確信をした。

彼は上着を身につけていなかった。傷だらけで、美しいとは言い難い身体を晒して、ぼろぼろと涙を落としている。

火傷(やけど)でもしたかのように、その変色した顔、身体が赤く照らされていた。

また、自分の上にも布がかぶせられているだけで、つけていたはずの服も鎧も脱がされていることに気づいた。羞恥よりも、傍らに剣がない不安に駆られた。

「目が覚めたよ。族長様の目は覚めたよ。だから言ったよ。魔女は嘘をつかないよ」

特徴的な節回しと声。

そしてトーチカの背後から、アルテシアを見下ろしたのは、谷の魔女、その人だった。

間近から見上げて、その外套の奥、目元はやはり見えないが、ああ、子供のようだとアルテシアは思った。

　未だ意識は長い夢路から戻らず、現との境をさまよい続けている。

「仮死の夢を見せてあげたよ。彼岸の境界に、連れていってあげたよ。戻してあげるといったのに、君の従僕は魔女の話をまったく聞かないよ」

　その従僕は今も、アルテシアだけを見ていた。

「お身体は平気ですか、痛みは……」

　もうろうとする意識の中で、どうにか記憶をつなぎあわせる。

　自分は氷の崩れた谷の川に落ちたのではなかったか。落ちたはずだ。そうであれば、自分達の現状も得心がいった。

　アルテシアは川へ落ち、トーチカもまたそれを追ったのだろう。疑いようはなかった。

「魔女に助ける用意があったのは族長様ひとりだけだよ。この従僕、意外にしぶといよ」

　アルテシアはとりあえず、トーチカを意識の外に追いやって、洞窟の暗い天井を見た。

　近くで炎のはぜる音がしていた。その洞窟の炉が、自分の命をつないだのだろうとアルテシアは思った。

　冥府と現世の間から戻ったのだ。

「長い、夢を」

　長い長い夢を見た、と囁こうとして、自分から否定した。

「夢ではなかった。あれは」

生々しいほどの、現実であり、記憶であり、想いだった。

戦の中で生きた女の、出会いと、別れと。……憎愛のすべてを、アルテシアは暗黒の中でたどった。

『ほんとう』を教えてあげる、と魔女は言った。

それが彼女の魔法だったのだろうと、アルテシアは思った。

確かに、アルテシアが見たものは、『ほんとう』と呼ぶに足るものだった。

「魔女は嘘をつかないよ」

そして魔女は全知の笑みを浮かべていた。

その足下に、人ではないものを踏みつける魔女は。

トーチカに乾いた服を着させ、外で待つように命じると、アルテシアもまた魔女から渡された自分の服と鎧を身につけた。

服よりも先に、手を伸ばすのは剣だった。

「……変わらないね」

囁きが聞こえ、アルテシアは背を向けたまま答えた。

「変わりようがない」

魔女は確かに教えてくれた。

ロージアという女のことを。彼女の生きた軌跡と、雪蟷螂の熱情を。今ならわかる、彼女が剣を握り、あれほど厳しくアルテシアにあたったわけを。

愛情はあったのだろう。彼女は兄を愛していたし、アルテシアをきっと愛していた。

しかし、彼女の胸の内はいつも、叶わぬ思いに灼け続けていた。

もしかしたら、ロージアは、アルテシアになりたかったのかもしれない。二つの部族をつなぐ婚礼の片割れとして。あるはずのないその道を、アルテシアを見るたびに思い出したのだろうか。

(地獄のようだ)

また同時に思う。それが恋なのだ。

地獄のような、楽園のような。まさに彼女の生涯を賭けた恋なのだと、アルテシアにはもうわかっていた。

そして魔女の思惑のとおりに、アルテシアは確かに気づいた。アルテシアに欠けていたもの。

自分はここに来るべきではなかった、とアルテシアは自分の非を認めた。

なにがあっても、ミルデに、ミルデのオウガのもとにとどまるべきだった。彼と話しあい、対立したとしても、ともに未来を見つけねばならなかった。

『ミルデ族長と婚礼を』

アテージオはかつてアルテシアにそう言った。

そしてアルテシアは、婚礼を戦であるとした。

もしも、愛せと、言われていたら。

ミルデのオウガを心から愛せと言われていたら。なにかが変わっただろうかと、アルテシアは自分の胸のうちに問い、また重ねるように、これから自分達は変わるだろうかと自問した。

変わるものはある。

けれど自分は変わりようがない、とアルテシアは結論づけた。

「……感謝する。我らが盟約の魔女」

髪を振るい、仮面を持って。アルテシアは魔女へと礼を言った。

「私は叔母上に会わなくてはいけない。そしてミルデに戻らねばならない」

戻ったのち、一体なにが待っているのか。

わからなかったが、アルテシアの心は決まっていた。

「私は欠けている、と、貴方は言った。……確かに、私は欠けた女だった」

アルテシアは最後に魔女を見下ろして、静かに笑った。

感情を表に出すことのない彼女の中で、なにかが変わり、その変化が、微笑みをつくらせたのだった。

「けれど、訂正を願いたい。貴方が思い出させてくれた」

滅多に笑うことのない雪蟷螂の族長のぎこちない笑みは、ルイとは似ても似つかなかったが、白い花が静かにほころぶようだった。

「たった一度だけだが……私も、確かに、この心を灼いたことはある」

それを思い出したと、アルテシアは囁いた。

自分でも意外だった。けれど、思い返してみれば、あれは恋だったのだろうと、アルテシアはしみじみと自分の心に頷いた。

アテージオが存命であった頃。アルテシアは父である彼から将来を言い渡された。それはフェルビエの族長となり、ミルデに嫁ぐという自分の未来だった。

生き方と死に場所を定められ、彼女はひとり雪原に立つことを余儀なくされた。

病にやつれた父親は、彼女に族長としての厳しさを教えた。

片腕を失った叔母は、自分の剣技を受け継がせようとした。

そのどちらもが幼い少女には重く苛烈であり、しかし逃れようのないものだった。子供の心に運命を感じた。こうして生まれてきた宿命を感じた。死んでいく心と、凍りつく生だった。冬の冷たさと、春の美しさだけがアルテシアの心をなぐさめる唯一だった。

忘れもしない。冬の日だった。

もうひとりでは動けない父と乗った雪馬車から遠く見えた、獣かと思った固まりが、地に倒れた瞬間に、ああ、あれは人間だ、人間の子供だと、アルテシアは強く感じた。馬車を止めさせ、気付けの酒を持ち、そこへ走った。

アルテシアは戦争の最中に生まれた子供だ。死の間際にある人間も、死した人間も、見たことはある。けれど、そこにいたのは、もっと切実ななにかだった。

アルテシアはまだ小さな子供で、そしてそこに倒れていた人間も、アルテシアと同じく子供だった。

立て、とアルテシアは叫んでいた。立って歩け、そして生きろと叫んでいた。

誰かにかくあれと望んだことは一度もなかった。死にゆく父にさえ、死なないでくれと願ったことはなかった。

救わねばならないと思った。助けねばならないと思った。馬車を呼び、父に頼み、屋敷に連れていけば、もっと簡単だったのかもしれない。けれどアルテシアはそうしようとは思わなかった。

少年はもう楽になりたいと言った。

その白い髪とは不釣り合いな黒い瞳に浮かぶ絶望が、アルテシアの胸をえぐった。

生まれてはじめて思った。――これは自分の民だと。

少年の傷は。その血は。なにより絶望は、長く続いた戦の象徴であり、もしも彼がこのまま死ねば、自分が殺したも同然だと、アルテシアは思った。

生きろと命じた。そして同時に、自身も生きねばならないと思った。

自分の生が人を生かすのだと知った瞬間だった。

口づけは一度。

血の味だけがあざやかだった。

忘れるな、と言った。

私は忘れない。名前の代わりに、この口づけを。

こんな想いは生涯で一度きりだとアルテシアは思った。生涯で一度きりのなんだったのか、幼い彼女にはわからず、そして成長を遂げても知ることが出来なかったが。

ようやくわかった。

白い嵐。山脈の颪。その中で吹き荒れた、一瞬ではあったけれど。

——生涯で、一度きりの恋だったのだ。

それから彼女は迷いを捨てた。覚悟が出来た。彼女は剣をたずさえ、そしてまことの意味で半身のような侍女も得た。

生き残ったかどうかさえわからなかったが、一族の前に立つ時には自然と視線だけであの時の少年を探した。あの絶望のにじむ特異な色彩を。

年月が経ち、自分は彼をわからないかもしれない。けれど彼は必ず、自分がわかるはずだと思っていた。

真剣に捜索したかったわけではない。

自分を探してくれるはずだと、信じるだけで生きていける。確かにそんなふうに、私も生きてきたのだと、アルテシアは今確信した。

アルテシアの微笑みを、魔女はずいぶん長い間眺めていた。そこに浮かぶ、未来さえも読み取ろうとするかのように。

「蟷螂の子は」

呟きを、アルテシアは継いだ。

「蟷螂だよ。……盟約の魔女」

そのまま静かに謝意を述べた。感謝であったし、また謝罪でもあった。

ふっと魔女は笑った。

「見届けることにするよ。盟約は果たされるのか。魔女に出来ることは、いつの時代も、それだけだよ」

深く腰を折り、洞窟を出ると、入り口にトーチカが立ちすくんでいた。

直立し、微動だにせず、唇を強めに横に引いていた。先ほどは泣き顔だったために気づかなかったが、変色した肌の頬が腫れているようだった。

「それは、どうした」

顔を指してアルテシアが言うと、トーチカはそのまま難しい顔で、「魔女に」とぼそりと呟いた。

　アルテシアが眉を上げる。

「なぜ、お前が？」

「それは」

　開いた唇を迷わすように震わせて、トーチカは続けた。

「……アルテシア様の、呼吸が」

　止まっていたので。

　アルテシアはまばたきをした。仮死という言葉が頭をかすめた。魔女はそう言ってい
た。自分の魔術のために、アルテシアを仮死状態にしたということか。

　呼吸の止まったアルテシア。それがなぜトーチカが殴られることにつながるのか。

「馬鹿だな」

　素直にアルテシアがそう言った。

「魔女に殴りかかったのか」

　そうしてやり返されたのだろう。魔女は痛めつけられた様子はなかった。

「死ぬぞ」

　呆れて思わず言っていた。

「……僕は、アルテシア様が」

トーチカの震える言葉はそこで止まってしまった。アルテシアは静かにため息をつき、

「死ぬわけにはいかないよ」と呟いた。

「あたりまえです!!」

トーチカが裏返った声で叫び、その勢いのまま続けた。

「僕以外に命を取られることは――っ」

はっとトーチカがなにかに気づき、自分の口元を覆った。息さえ忘れるほどの失言だったようだ。アルテシアは今度こそあっけにとられて見つめた。

「……トーチカ。お前、私の首を狙っているのか」

思わず尋ねずにはおれなかった。衝撃を受けこそすれ、それは相手に命を狙われていたからという類のものではなかった。

いかなる時もアルテシアの剣は自分の身体で受けると言い、鍛錬の相手さえしたことはないというのに。

トーチカは万死を覚悟したような様子で、歯をきしませ、絞り出すようにかすれた声を上げた。

「……僕以外に、命を、取られることはあってはなりませんし、……僕は、命を取りません。……だから、アルテシア様は」

生きて、いなくてはいけない、とトーチカは背を丸めながら暴論を振りかざした。

アルテシアはその言葉に呆れ、驚き、そして、ゆっくりと微笑んだ。

凍った灰色の髪の奥で、トーチカが息を呑む。

アルテシアはあざやかに笑むと、歩き出しながら低く言った。

「その言葉。体現出来るものなら、やってみろ」

遠い記憶をたどるように。

いつかの言葉を、なぞるように。

「……相応の男にしか、この命はやれない」

そして背を向けたアルテシアには、トーチカが一体どのような顔をしていたかはわからなかったが。

「行くぞ。迂回路(うかいろ)を通る」

アルテシアは歩き出す。自分が進むべき道へと。

背後に自分を守るものがいることを、疑いもしないで。


フェルビエの集落より、前族長の妹君である、ロージアの失踪という知らせをルイが受け取ったのは、奇(く)しくも彼女が真実に気づいた次の日の朝だった。

呆然とルイは、オウガを振り返る。

「陛下は、生きています」

やはり根拠のない確信だった。

けれどオウガもまた、その言葉に反論はしなかった。

「お前は……」

オウガの指がルイに伸びた。その表情は、憎しみにも憤りにも歪んではいなかった。

ルイの乱れた髪を、腫れた頰をなでるように、ささくれ立った指を伸ばして。

「あの女に、一体どんな恩があるというのだ」

理解が出来ないというように眉根を寄せて言うから、ルイは笑ってしまった。腫れた頰で、うまく笑えた自信はなかったけれど。

「貧しい家の子供であったら、納得出来ましたか？」

「少なくとも、命を救われたとでもいうなら少しは頷ける」

オウガの言葉をルイはやはり不自由な仕草でそれでも笑った。あれほど流れた涙はもう、どこにもにじんでいなかった。

「恩義を果たす？　殿方の思考ね」

「違うと？」

オウガの問いかけは低かったが、これまでのように、牙を剝くものではなかった。覗き込むようにルイを見ていた。

そんな彼に、ルイはより力をこめて微笑んだ。

「本当のことを申します。忠義も恩義も、陛下に感じてはいないのです。無力な私は、剣を持って陛下を守ることは出来ませんが、陛下の代わりに死ぬことが出来ます」

ルイの極限の望みは、もっと別の形であったが。

それは決して口に出来るものではなかった。

「これは愛ではなく恋に似たもの」

そしてもっとも近しい言葉で言うのなら。

「——私は、アルテシア女王陛下を信仰しております」

はじめて出会った日のことを覚えている。きっと自分は、一生忘れることはない。

自分によく似た背丈。自分によく似た頬の線。自分によく似た髪の色。

その目に浮かぶ、気品と絶望について。

(私は一生忘れない)

この人のために死ぬ。この人のために生きる。

オウガはルイの言葉を、まぶたをおろして受け止めた。ルイから手を離し、「だから女は怖い」と、宙を見上げて独りごちた。

誰よりも強いであろう彼が自分を「怖い」と呟くことがおかしくて、ルイは笑った。

それが真実の言葉であるとわかっていたから。彼女が涙を見せたように、彼は自分の怯えを晒してくれたのかもしれなかった。

「さぁ……どう出る、雪の蟷螂」

遠く吹雪の野を望み、オウガはそう呟いた。

貴方はどんなつもりなのかと、ルイはもうオウガに尋ねるつもりはなかった。

彼は待っている。

ルイと同じく、たったひとりの氷の美女と。

彼女の示す、答えを待っている。


フェルビエの集落は不穏に騒いでいた。惑う人々が口にするのは、族長不在の郷を任されていたはずの、ロージアの失踪だった。聞けば、トーチカが彼女を訪ねた、その日忽然と部屋から姿を消したのだという。

「まさか……食事も取れない身体で……」

そう呟いて、トーチカは絶句した。

ロージアを捜すフェルビエの人間達は、彼女の無事を祈りながらもその顔に諦めをにじませていた。「仕方がないのかもしれない」と物陰の隅で囁くフェルビエがいる。

「ロージア様は、老い衰えて死ぬことを、ご自分には許されないだろう……」

フェルビエの人間は彼女の心までは知らない。しかし、彼女の生き方を知っている。婚礼までもう日がなかった。山脈は険しく、人の足には広大である。

けれどアルテシアは馬車を引いた。

「構わない。行こう」

「どちらへ……」と驚いたようにトーチカが尋ねる。アルテシアはその問いに答えず、

「ついてこい」と簡潔に命じた。

こくりとトーチカは喉を鳴らし、従順に従った。

アルテシアには確信があった。魔女の手により、アルテシアはロージアの思考をたどった。だからわかるはずだと、アルテシアは思った。

(死に場所がある人間は、幸福だ)

それは生きた場所を得たということだ。だから山脈の民はこの山を捨てられない。ここは、死に場所となる思いに足る場所だ。

(もしも、私が叔母上なら)

死に場所を選べるとすれば。

――――彼女は、本来ならあの場所で果てたかったはずだ。

トーチカとともに向かったのは、ミルデとフェルビエの集落の境、関所よりもまだ奥。

氷をまとう木々と、切り立った崖。

そして今は白き、宝城のあとかた。

ロージアとガルヤが、剣を交えたその場所。

かつてここには国があり、人が暮らし、争い、愛しあい、生きて、死んだ。

ひきよせられるようにそこに立ち、アルテシアとトーチカは、彼女との邂逅を果たした。


凍りつく足下を強く踏みしめ、時折白い風が舞うその地で。

まるで夢のような情景だとアルテシアは思った。

今は止んだ真白い雪を、洗い立ての真白いシーツのようにして。

彼女はそこに眠っていた。

それは永遠に、目覚めることのない眠り、完全な安らぎだった。

年齢の倍も生きたかのような老いた肌が、彼女の生の濃度を教えている。

戦に生きた、最後の雪蟷螂。その者は自らの手によって、己の戦いに終止符を打つ。

自分の首を自ら落とすかのような激情で。

白い絶望だけが、彼女の――二人の死を祝福した。

(叔母上は、永遠を見たのだろうか)

その片腕に抱かれるのは、愛した男の首。

ロージアの顔はやつれ、見る影もないほど衰えていたが。

彼女は確かに笑っていた。

美しく、満足げに、まるでそれが死であることを忘れてしまうかのように。

彼女は笑っていた。

「……いかが、なさいますか」

傍らでトーチカが尋ねる。おいそれと動くことの出来ない、触ることの出来ない神聖さだった。

彼女は永遠を見たのかもしれない、とアルテシアは重ねるように思った。

生まれて守るべき部族を捨て。

仇とともに。

たとえ信じる神は違えども、永遠を垣間見た、人間を。幸福という以外、なんと呼べばいいのか、アルテシアには思いつかなかった。

「このまま」

このままで、とアルテシアは囁いた。それはトーチカに対する答えであると同時に、祈りのような言葉だった。

どうか二人は、永遠にこのままで。

いつか雪が降り積もり、彼女達を白く覆うだろう。そして春となれば二人の身体は雪とともに溶け、山脈の大地となり、その魂は死の山をのぼる。

それでいいのだと、アルテシアは思った。
トーチカが頷き、それからずいぶん長い間、二人はそこに、佇んでいた。

第八章　絶冬の花嫁

婚礼の日が近づいている。にわかにミルデ集落全体が活気づき、族長の館の周辺も騒がしくなっていた。

ロージア失踪の報せ(しら)はフェルビエに少なからず暗い影を落としたが、ルイは早々に捜索の打ち止めを命じた。アルテシアの名において。フェルビエの人間にも、ミルデの人間にも、その姿を見つけさせるわけにはいかなかった。

オウガもまた沈黙を守った。

(手に負えないひねくれ者だわ)

彼のことを思い、心の中でルイはなじった。

なにが戦か。なにが憎しみか。

それらは建て前であり、ばかばかしいような男の面子(メンツ)というやつであり、彼は結局、アルテシアの誠意を測っていただけではないかとルイは思った。

ガルヤの現状を発見した時、オウガはロージアを思い浮かべなかったはずがないのだ。

犯人は他にいなかった。本当に戦を起こしたいのなら、最大の好機はその時にもうあった。婚礼の日を待つ必要はなく、攻め入ってくればよかったのだ。しかしオウガはそれを選択しなかった。もしかしたら、側近に止められることが嫌だったのかもしれない。

しかしルイは知っている。男の面子は時に黄金よりも重い。

ルイはひたすら部屋にこもり、アルテシアの帰還を祈った。たとえ、ガルヤの首が戻らなくとも構わないと思った。

（対話は出来る）

自分が間に入り、決して戦にはさせないとルイは心に決めていた。だから今は、アルテシアの無事だけを祈っていた。

婚礼までもう日がなかった。ルイは不安を打ち消すように、出来ることを行動に移した。

まず行ったことは自分の髪を切ること。乱暴な仕草で、アルテシアと同じように長い髪を断った。

銀糸のような髪が絨毯（じゅうたん）に落ち、次にルイはアルテシアの荷の中から婚礼の衣装を取り出した。

鏡の前に立ち、ため息をつく。

（このドレスにこの髪じゃあ……）

やはり用意していた取りあわせは使えそうもなかった。今からドレスの仕立ては出来ない。手を加えるならば髪飾りか。

なんとか手持ちのもので見合うものはないかとミルデの侍女にも頼むと、年老いた侍女頭が、震える手でひとつの包みを置いていった。

開いてみれば、それは、古いドレスと揃いの花嫁のヴェールだった。

老いた侍女は何も言わなかったが、そのつくりは古いながらも相当手の込んだ高価なもので、オウガや他の誰かに聞くまでもなく、すぐに出所は知れた。

……これは、きっと。先代の婚礼で使われたものなのだろう。

その証拠に、ドレスは少しルイの身体には余った。しかしこのくらいは一晩で詰められるだろうとルイは算段した。

鏡に映った自分の姿は、ミルデの屋敷の色調に溶け込むようによく似合った。

その調和は、ルイがドレスを決める上で測ることの出来なかったものだ。

(でも)

このドレスはアルテシアには似合わない、とルイは思う。

ため息を浮かべながらそれでも、腕がヴェールに伸び、それをつかんだ時だった。

突然、扉の叩かれる音。

「誰だ」

素早く声をつくると、ルイが誰何する。

「……お迎えに」

囁かれたその言葉に、ルイははっと顔色を変え、扉へ走り寄った。

「トーチカ……！」

そこにいたのは間違いなく、待ち望んだ姿。

トーチカはずいぶん旅に疲れた姿をしていたが、水分の少ない灰の髪の奥は薄く笑むように落ち着いた顔をしていた。

「トーチカ、陛下は……！」

それだけがルイの気がかりだった。トーチカが口を開く前に、廊下の奥からあらわれる気配。

「貴様――」

鋭い視線で立ち尽くすオウガに、トーチカは顔を上げて。

「ただいま戻りました」

背を丸めることはせずに報告をした。その手に大きな荷はない。

ルイやオウガが口を開く前に、言い放つ。

「……アルテシア陛下からお話があります。ミルデ族長殿、……神の間においで頂きたい」

　トーチカの言葉は低く、静かで深みがあった、ルイはまるで聞いたことのない男の声のようだと思った。

「陛下殿は、どうした」

　さぐるようなオウガの言葉。トーチカは簡素な呟きで答えた。

「すべては、地下で」

　交渉でさえない、提示だった。オウガは不愉快そうにトーチカを睨みつけてから、ついでのようにルイを横目で見た。

「……お前もそれは、なんの真似だ」

　それ、がドレスを指すのか、切ったばかりの髪のことを指すのかわからなかったが、ルイの答えはどちらとしても同じだった。

「婚礼ですので」

　決意のようにそう言えば、オウガは答えることなく視線を逸らした。

　冷たい地下に降り、オウガが鍵を開く。その独特のにおいとともに、静かに扉が開いた。

「――――？」

　灯りを持ったオウガの顔が不可思議さに歪む。彼の持つ灯りとは別に、内側から光源があった。

「……しばらくぶりだ」

低い声。首のないガルヤの前に佇むのは、真のフェルビエ。

「陛下……！」

ルイがはじけるように走り出した。

「陛下、ご無事で……！」

アルテシアもまたトーチカと同じく、旅に疲れた姿をしていたが、その気高さはくすんではいなかった。ルイの視界が、安堵でにじむ。

アルテシアはそんなルイに視線をやると、「長い間留守にした」と囁き、小さく微笑んだ。

その微笑みに、ルイは大きく目を開き、驚嘆する。

ルイとアルテシアは長い間ともにあったというのに、対して離れていた時間は微々たるものであるのに、アルテシアの表情は、ルイが見たことのないもののような気がした。

「……害虫はしぶとい」

オウガがかすれた声を上げる。いつの間にかトーチカもアルテシアの傍らにあり、オウガはひとり、神の間の入り口で立っていた。

「なぜ、入った」

アルテシアから目を逸らし、不快さをにじませてオウガが問う。この場所に入る鍵は、オウガだけが持っているはずだ。だというのに、アルテシアは扉の内側にいた――。

「無礼を働いたというならすまない。人目のないようにとりはからいたかった」

「俺が聞きたいのはそんなことじゃない」

アルテシアの言葉に、オウガが吐き捨てるように言う。

「方法を問うた」

「わかっているのに？」

小さく首を傾げ、アルテシアが言った。そして彼女は静かに、銀の鎖をかざす。その先に下がった、小さな鍵を。

オウガの視線は強く、万感を込められ、その鍵にそそがれる。

「このたびの一件、下手人はフェルビエ」

書面でも読み上げるかのように、アルテシアが淡々と言う。

「フェルビエより……我が叔母、ロージアの手によるもの」

オウガは答えない。

やはりアルテシアはその真実に行き着いたのかと、ルイはアルテシアにすがるようにそばへ寄った。

「アルテシア様、それは……」

言葉は皆までつなげなかった。

「しかし、彼女の行為は、先の族長、ガルヤの本懐だ」

しゃらん、とアルテシアはその鎖をたぐり寄せ、傍らの永遠生、ガルヤの胸元に抱かれた、片腕の指に絡ませた。

あるべき場所へ返すように。

「彼女がこの鍵を持っていた。否、託されていた。……それこそが答えだ」

オウガは答えなかった。ただ射殺さんばかりに強い視線のまま、

「首は」

と低く問うた。

アルテシアはまぶたをおろした。

「山脈が二人を弔う」

それがアルテシアの答えだった。ルイはその言葉に、すべてを悟った。

――清算はもう、済んでいたのだと。

しかしオウガの表情は凍っている。まずい、とルイは思った。彼の静かな激高を感じ取っていた。

辺りの冷たい空気に、緊張の線が一本走る。

「……それで、済まされると思っているのか。俺とお前が、幸福な婚礼を迎えられると？」

彼の声は低く冷たかった。対話を、とルイは言おうとした。

オウガと、アルテシアに対して。一晩でもいい、対話を。さすればわかりあえるはずだと思っていた。

しかしルイが言葉を発するよりも先に、アルテシアが頷いていた。

「ああ。その話だ」

アルテシアの声は低く、どこまでも静かで。

「あれから、私もずいぶんと考えたよ。ずいぶんと考えたのだが……私はやはり、蛮族のようだ」

さぁっと、耳の奥を糸が高速ですり抜けるような、音。

それが、刀を抜いた音だということに、ルイは時間差で気づいた。

大きさの違う曲刀を二本。美しい構えで、アルテシアは、信じられない言葉を、口にした。

「――剣を取れ、ミルデのオウガ」

他愛のない遊びに誘うような、変わりのない口調で。

「戦の時間だ」

悲鳴のようにアルテシアの名を呼んだのは、ルイの声だった。ルイはそれまで、驚いた顔を見せていなかった。ルイとオウガの間に、なんらかのやりとりがあり、そしてルイもまた真実を知っていたのだろうとアルテシアは思った。

その上で、ルイはアルテシアの行動が理解できないのか、アルテシアにすがりつこうとした。

止めたのはトーチカだった。ルイの腕をつかむと、冷たい石室に悲鳴のようなルイの声がこだまする。

「どういうことです、陛下、陛下!!」

追及をその声に任せ、オウガは黙したままアルテシアを睨んでいた。

けれどその視線は強く説明を求めている。

「私はフェルビエだ」

とアルテシアは言葉を落とした。ルイも黙り込む。

「フェルビエの女は、やはり、愛しもしない男と婚礼をあげるべきではないように思う」

アルテシアはフェルビエだ。その中でも、死してなお愛する男と添い遂げる激情をもった、生え抜きの血族だ。

自分のあげる婚礼が、愛のないものであれば、ロージアが浮かばれない、とアルテシアは言った。

「……今更、なにを」

引きつるようにオウガが笑った。気でも触れたのか、と言うように。

「戦を、したいのなら、なぜフェルビエを連れて攻め入ってこなかった」

「必要がなかった」

アルテシアの答えは短い。

「私と、貴君の戦だ」

「……なんのために」

頭領戦からはじめるつもりかとオウガが問う。

いいや、とアルテシアはまぶたをおろし、首を振った。

「剣をあわせることでしかわからないほんとうのことを知るためだ。相手を喰らいたいほどの激情は、生涯唯一のものだと私は思う」

そして、その唯一は、もはや自分の胸にあったが。

「その唯一を貴君に塗り替えられるすべがあるなら、このやり方しか、私は知らない」

剣を取れ。と再びアルテシアは言った。

オウガの腰には今も剣が下がっていた。互いに金属の鎧はない。

対等であるとアルテシアは言った。

「貴君も戦を望んだのだろう。受けて立つ、と私は言っている。今、ここで、貴君の思いも晴らすがいい」

オウガはしばらく厳しい表情のまま、唇を引き沈黙を守っていたが、やがてゆっくりと唇を曲げた。

「……蛮族は、骨の髄まで阿呆だな」

浮かぶのは笑み。どこか疲れたような、それでいてたまらない、というような。

「なぜ長年お前らのような阿呆を滅ぼせなかったのか、理由が知りたいものだ」

「すぐにわかる」

と、アルテシアが曲刀を構え、囁いた。

「……すべてのフェルビエとミルデのために」

武運を、と。

ロージアの声が聞こえた気がした。


「離しなさい、離して……！」

トーチカに押さえられたルイは、身もだえながら逃れようとするが、トーチカの短い指は食い込むほどの強い力で、彼女の自由を奪った。

「陛下、陛下どうして……！」

「静かに」

トーチカに囁かれる、その声があまりに冷静であることが、逆にルイの神経を逆なでた。

「なぜ⁉　こんなのはおかしいわ！」

アルテシアさえ戻れば、此度の動乱、きっとなんとかしてみせるとルイは思っていた。

和解が出来るはずだし、婚礼も迎えられると。

アルテシアとともにオウガを説得する決意はルイの中ではっきりと固まっていた。

それなのに、アルテシアが、自ら剣を取るなどと。

「陛下がお決めになったことです」

「嘘よ……‼」

耐えきれないというようにルイがうなだれると、石室の緊張がより増した気がした。

トーチカの指にもより力がこもり、腕が鬱血しそうだった。

地を蹴る音、それとともに、フェルビエの曲刀とミルデの剣が打ちあわさる音が鼓膜を鋭く叩いた。

「……っ⁉」

音だけで、ルイは本能的な恐怖を感じ、身体を激しく萎縮させた。

はじまってしまった。

ミルデのオウガ。そしてフェルビエのアルテシア。二人の族長が、守り抜いた十年の停戦の均衡を破り、剝き出しの暴力を打ちあわせていた。

力と力の拮抗。

これは鍛錬でも試合でもないとルイは思う。ルイとて戦場を知っている。

肌が総毛立つ、これは。

――殺しあいだ。

どうして、と思う。アルテシアは平和的な解決を望んだのではなかったのか。否、彼女が望んだわけではなくても、そのために彼女はここへ、売られてきたのではなかったか。

戦の終わりのために、恋を捧げろと。

そんなの真っ平ごめんだと思ったのはルイだった。アテージオは悪魔だと言ったのはルイだ。しかしそれも、アルテシアが身を捧げるとわかっていたからではないか。

「トーチカ……」

二人を止めて、と、ルイは傍らの彼にすがろうとした。二人の戦がはじまった時点で、トーチカはルイの手を離していた。そうだ、もう、彼女には止められなかった。

しかしトーチカは、くすんだ色の髪の奥で、ルイの見たことのないような鋭い視線を、二人の族長に送っていた。

彼の手には短剣。その柄に手をかけて。

彼は、戦いを読んでいた。

（トーチカは、陛下を守る）

そうだ、彼の刃は、そのためだけのもの。だとしたら。

（陛下は、死なない……？）

けれど、と思った。

（じゃあ、オウガは）

ヴェールを握る。震えのおさまらぬ身体で、瞳で、それでもルイは顔を上げた。

あの人は――――…………。


最初の一撃の重たさに強い既視感を覚えた。

両手で使うミルデの剣は重い。アルテシアはこれまでミルデと直接剣を交わしたことなどなく、ならばこの既視感は一体どこでとアルテシアは思い、次の一撃に喚起された。

（叔母上か）

魔女に見せられた夢の中、確かにアルテシアはロージアの身体で、ガルヤの重たい剣を受けたのだ。

やはり、親子であるとアルテシアは思う。

なつかしさを感じるほどの、太刀筋の近さだった。

曲刀とあわせて、短剣から力をこめても、力押しでは敵いようがない、とアルテシアは早々に見切りをつけた。剣戟を流すことに神経を集中させる。長旅をこえてきたばかりのアルテシアの身体には疲労もたまっていた。有利にはなりそうもない。

視界の片隅で、ルイが崩れるように自分の顔を覆うのがわかった。

しかし意識をとられることは出来なかった。

「――っ」

強い一撃はフェイクだった。

足を狙われる。ミルデの剣技にフェルビエのような自由さはない。しかしその分彼らは体術に長けていた。

一瞬の隙が出来れば、自分の首は飛ぶだろうと思った。

アルテシアには死ぬ気がなかったし、オウガを殺すつもりも、彼女にはなかった。しかし、そのどちらもを受け入れる覚悟がなければ、最初から真剣など交わせるはずがなかった。

ミルデ族長の剣技は荒く、若かった。けれどそれが通用するだけのセンスがあり、体力もあった。

　こちらの戟もことごとく受けられる。

　その一瞬に、彼は笑う。

　アルテシアは冷たく鋭く光る瞳の裏側で、同じように笑っていた。

　ああ、楽しいね。

　その思いはアルテシアにこそ強かった。それゆえの蛮族である。しかし同時に、淡く落胆も感じていた。

　その落胆をかき消すように、また強く打ちあわせる。

「っあ」

　避けきれなかった剣の軌道が、アルテシアの肩をえぐった。

　痛覚から意識を逸らす。致命傷であろうとなかろうと関係がない。

　しかし深い傷だった。それゆえオウガがにやりと笑い、その歓喜を逃がさなかったのは、アルテシアのほう。

　肩をやられたほうの、大振りの曲刀を握り直す。負傷した肩だったが、どうにかアルテシアの意志をとらえて動いた。

「!?」

　フェルビエの曲刀。その刃が、飛去来器のように回転し、オウガの膝に刃を突き立てた。

咆吼。血の赤は、薄暗い灯りの中でもう黒にしか見えなかった。

吹き出す暗黒は自分のものか、それとも相手のものか。

オウガが片膝を石畳に落とし、身体のバランスを崩した。

（もらった――!!）

振り上げた剣。

狙うはその首。アルテシアは声には出さず、絶叫した。

――――ミルデよ、覚悟。


オウガの太刀がアルテシアの肩をえぐった瞬間、トーチカは剣を抜いた。

（だめ）

ルイは心の中でアルテシアを呼び、トーチカを呼び、オウガを呼んだ。駄目だ、と思った。果たして一番強い思いは誰へのものであったのか、彼女にも判別がつかなかった。

ただ、凍りついた視界の中で、アルテシアに致命的な一撃を与えたはずのオウガが崩れるのを見た。

振り上げられる、アルテシアの刃。

ルイの身体は悲鳴とともにはじけたように動き、そして。

（だめ――!!）

その瞬間に飛び込んできたのは、銀の髪。闇の中からあらわれたそれは。

仕留めたと思った。これで勝負があったはずだと思った。

（私……？）

それとも、叔母上――？

幻覚の中で、アルテシアは自分の身体に短剣を突き立てた。

返り血を顔にあびる、その段にいたって。

彼女の視界と脳は、現状を知った。

「いけ……ません……陛下」

ミルデ族長オウガに側部から倒れ込むよう盾になったのは、誰でもない、アルテシアの影、ルイだった。

「ル、イ」

手応えがあった。アルテシアは確かに人の皮と肉に剣を突き立てた。しかしまた致命傷ではないだろうとも本能的に察していた。刺さりきらなかった骨の感触があったからだ。

「……阿呆が」

うめくように、オウガがそう声を上げた。

アルテシアの振り下ろした短剣の軌道は、間違いなくオウガをかばったルイの頭部に向かっていた。しかし、すんでのところで、その軌道を阻んだのは、ルイの頭を抱えた、オウガの手の甲だった。

血が噴き出てこそいたが、オウガは手の甲に刺さったアルテシアの短剣を、空いた自分の手で抜いた。

偶然であったとしても、意図したものであったとしても、神の手を思わせるような、絶妙な采配だった。

涙に濡れた顔で、ルイがアルテシアを見上げ、「どうか」と囁いた。

「どうか、おやめ下さい、私の生涯のうち、ただ一度の、お願いです。陛下」

このようなことは、おやめ下さい。

その表情を、アルテシアは呆然と見下ろしていた。

アルテシアは決して泣くことはない少女だった。そしてルイは嘘の涙を自在に流せる代わりに、決して人前で本物の涙を見せることのない少女だった。

しかし彼女は涙を落としながら、その背に、ミルデ族長オウガをかばった。

「大丈夫です、大丈夫」

震える声で、必死に彼女が囁くのは、そんな言葉。アルテシアに対し、「大丈夫です」と何度もルイは言った。

「大丈夫、愛することは出来ます。陛下も、この方を愛せます」

許したいと言ったミルデの少女がいた。

そして、許されたいと、彼女は言った。

それが出来ると、ルイは思った。

「……オウガは、誠実なひとです。陛下に、教えてくれる」

永遠を、教えてくれる。

そううわごとのように泣きながら繰り返すルイを呆然と見下ろし、「……違うんだ」とアルテシアは呟いていた。

「違うんだ。すまない、ルイ」

アルテシアはまぶたを落とし、天を仰ぐように、小さくあえいだ。

「……私の恋は、生涯で一度きりだった。だから、……出来ない。真実の意味で、オウガとの婚礼は、出来ないんだ」

剣を交わせばなにかが変わるかと思った。

しかしなにも変わらなかった。落胆が彼女に真実を教えていた。

アルテシアはロージアではなかった。それは、あたりまえのことだった。

「ルイ」

そのままアルテシアはあごを落とし、うなだれた。

「……私の、願いを叶えて、くれないか」

呆然と見上げる、ルイに。

アルテシアは、震える声で、囁いた。

「……お前の、人生を――私に、欲しい」


恋、という言葉を。

アルテシアの口から、聞くことになるとは。

ルイはついぞ、想像したことさえなかった。

彼女の胸を灼くなにかがあるのだろうということは、常に傍らにいたルイはほんの時折感じていた。感じてこそいたが、その心を、彼女は二度と表に出すことはなく、きっと黄泉の国まで持っていくのだろうと思っていた。

婚礼と寝所が戦であった彼女に、その言葉は禁忌なのだと思った。

そしてそのことに、いつもルイは、人知れず泣いた。

替わって差し上げられたら、と思ったことは何度あったことだろう。自分こそが、アルテシアになれたなら。

すべての身代わりも、すべての彼女の感情の焼き写しも、そのためであったのなら。

あまりに出すぎた願いで、神に祈ることさえはばかられたけれど。

今、アルテシアは呟いた。

ルイの人生が欲しいと。

彼女はルイのすべてを奪っていくのだと思った。まずルイから生まれを奪い、名前を奪い、時間も、そして、……その人生までも。

涙があふれ、頬をとめどなく流れた。

「陛下」

私の、たったひとりの、女王陛下。

「……よろこんで」

ルイの返答は、歓喜にあふれていた。

――そう、私は、ずっと、そうなりたかった。


それより数日後のことである。

ミルデとフェルビエ。両族による、山脈の民族すべてを巻き込む盛大な婚礼が開かれた。

筋書きどおりにならなかった部分も勿論ある。長くこの婚礼にあたり大使を務めたフェルビエのロージア、その彼女が婚礼を待たず病により死したということは、フェルビエ達の心に落胆をもたらした。

その感情を汲んだのか、披露されるはずだった先代ガルヤの永遠生は、婚礼の筋書きからは外された。

死した者より生きた者の婚礼に。

両族の民の前にあらわれた花嫁の姿に、ミルデの年長者達は揃って感嘆した。

彼女の身を飾るのは、今は亡き、オウガの母親の婚礼衣装とまったく同じものだった。

そしてフェルビエの民は、自分達の族長のまとう、いつもとはまったく違う空気に目を奪われた。

これまで、フェルビエのアルテシアとは、冷たさと強さ、美貌を象徴とした、まるで神話の女神のような人物だった。

しかしミルデのオウガの隣で佇む彼女は、ひとりの少女であり、そして女であり、まさに幸福を約束された、花嫁そのものだった。

フェルビエの民は彼女を見るにつけ、恋が彼女を変えたのだろうとまことしやかに噂をした。あれくらい変わるものだと訳知り顔で。なにしろフェルビエの女は、この山脈で、誰より深い愛情をもっているから。

傍らに立つオウガは、このような時にまでつける手足の防具が無骨であったが、それでも、隣に立つ花嫁の美しさから、心よりの拍手を受けた。

禍根はある。また、抵抗も反感もある。

しかし、これはまごうことなき戦の終わり。

自分ではない誰かと、そして自分自身の幸福を祈る、祝福の日だ。

婚礼の鐘が鳴り、誓いの口づけの段に至って。

唇を離したミルデの族長は、苦々しげに顔を歪めて、口元をぬぐった。

その唇に浮かんだ、赤い血のあとを、ミルデとフェルビエは見逃すことはない。

フェルビエ族長は笑っている。美しき女族長は笑っている。花婿の唇を嚙み切る剛胆さで、すべてのフェルビエに、すべてのミルデに伝えたのだ。

――あなたを、喰べてしまいたいほどに、愛している。

雪蟷螂とさえ呼ばれる、フェルビエの女は激情をもって男を愛す。

辺りは厳しい山脈の冬。

しかしその厳しさこそが山脈の豊かさであるというように、天より舞う氷雪までもが花嫁のヴェールに降り、婚礼を彩った。

まさに、実に美しき、絶冬の花嫁であった。

エピローグ　美しき春

婚礼に沸くミルデの広場、その端に佇んでいたのは、フェルビエ族長の近衛兵であるトーチカと、仮面をつけた、ひとりのフェルビエの戦士だった。

道行く人が時折トーチカを見つけては声をかけたが、トーチカは自分はお役ご免だと答えてまわった。

アルテシア陛下にはもう近衛はいらないでしょう、と。

彼女を守る人間はもう他にいる。

トーチカは真実族長達を離れたわけではなく、数ある側近のひとりにおさまった。そして新しい側近としておさまった仮面の戦士は、どちらがどちらから離れないのかはわからないが、絶えずトーチカとともにあった。

盛大な婚礼の祝いを抜け出し、二人は雪馬車を駆けて、雪原へと出た。

鐘の音はここまで聞こえるが、辺りに人の気配はない。

「……美しいな」

仮面を外し、戦士は言った。そこにあらわれた顔は、先ほどの花嫁とうり二つ。

名をアルテシア。しかしその名で呼ぶ者は、きっとこれから先に誰もいないことだろう。

晴れた空からこまやかな雪氷が舞い散っている。天使の羽が凍って割れたらきっとこんな姿であろうと、叙情的な感想をアルテシアは抱いた。

「――よろしかったのですか」

トーチカが、その横顔に、小さく囁いた。

アルテシアは小さく笑い、「私も、私なりに、蠟人形なりに生きていく覚悟はあったつもりだったんだがな」と嘯いた。

それは答えになってはいなかったが、アルテシアは続けて、「お前、どうするつもりだった？」と尋ねた。

「私が、もしも、あの時ミルデ族長に殺されていたら」

「その前に族長を殺すつもりでした」

トーチカは笑うこともせず真剣に言った。言葉に躊躇いがないように、もしも実行する段になっても、決して彼は躊躇わなかったのだろうとアルテシアは思った。

けれどトーチカはそれからしばらく沈黙すると、小さな声で、付け加えた。

「もしくは……アルテシア様を殺し、そのあとを」

アルテシアはかすかに振り返り、尋ねる。

「叔母上のようにか？」

「……ガルヤ様のように、です」

そうか、とアルテシアは頷いた。

あの時のことを、アルテシアは思い返すにつけ、永遠というものを垣間見る。

アルテシアもトーチカも、その時程度の差こそあれ、死の向こうに永遠を見た。もしかしたら、ルイもまたそうであったのかもしれないし、オウガでさえ。

アルテシアの胸のうち、フェルビエの激情はそれをこう言いあらわす。

「この恋こそが、永遠なのだ」と。

冷たい風が喉をなでる。祝福も葬送も導く、山脈の風だ。

「……僕は、長い間」

思索にふけるアルテシアの隣で、おずおずと、トーチカが囁いた。

「母親が、死の間際に、なぜ僕に手をかけようとしたのか……わからなかったんです」

アルテシアが眉を上げ、トーチカを流し見た。トーチカとも短くはないつきあいだが、彼の口から『母親』などという言葉が出てきたことははじめてだった。

トーチカは慎重に、言葉を選びながら、俯きがちに言う。

「僕は、混血です」

かすれ、震えた声で。

「父は、フェルビエ。母は、ミルデ。戦の中で、一体どのように二人が出会ったのかはわかりませんが……」

トーチカは自分の目元を静かに押さえ、呟く。

「この目を潰そうとしたのは……母の最後の、優しさだったのでしょう」

彼は痙攣のある指先で、ゆっくりと静かに自分の灰色の髪を分け、半分以上黒く変色した顔を晒した。引きつる顔の皮を引き、傷のまぶたを剝けば、あらわれる瞳の色は漆黒。

それは灰色の髪とは似合わない、ミルデの一族の血がもたらす色だ。

戦と迫害の中に生まれ、魂の誇りさえも引き裂かれそうになったことだろう。

「けれど、貴方は」

絶望の中で、トーチカが見つけたのは、一筋の、光。

「……貴方は、僕に、言った。……フェルビエであると」

トーチカの言葉は震えていた。

怯えのように。歓喜のように。

「――僕は、フェルビエ」

僕を生かしたのは貴方だ、とトーチカは言って。

「貴方こそが、欠けたることのない、たったひとりの女王陛下です」

彼はその言葉を伝えたかったのだと、アルテシアにはわかった。自ら禁を破ってまで。

アルテシアは小さく笑う。「業が深いな」と噛いて、それ以上は言葉にしなかった。

覚えている。

覚えているとも。あの出会いも、灼けた心も。

自分を生かしたとトーチカは言う。けれど、アルテシアとて、あの出会いに生かされたのだ。

そして今も、これからも、彼はアルテシアに膝をつき、たとえ名も生まれもなくしても、彼女の誇りを生かすのだろう。

アルテシアは雪片ちらつく、天を仰いだ。

山脈は厳しい冬だ。この凍てつく寒さも痛むほどに美しいが、やがて来る春はこの山の空を七色に変えるだろう。

溶けた雪にもう血は混じらない。

山脈の春は、もう、目前まで迫っていた。

END

異伝　悪魔踏みの魔女

その山では、天より白い絶望が降り、地からは黄金の希望が湧くといわれていた。息をするにも肺を凍らすような、過酷な土地であった。好んで住む者などはあり得ないといわれたその山には、栄華を極めた小国があった。

岩を運び城を建て、城下に小さくはない街をつくりあげたのは、ひとえにその地の厳しさを補ってあまりあるほどの、豊かな富が採れたからだ。

黄金が湧くと言われていたが、その王国がもつ鉱脈から採掘されたのは、金ではなく宝の石と呼ばれた鉱物であった。強い魔力をもち、遠くまで流れれば流れるほど、途方もない高値がついた。国の人々は豊かであったし、もちろんその豊かさを、かすめ取らんとする者達もいた。

山には宝の小国の他に、古い部族が点在していた。小国はその部族達を金で雇いいれ、国を守らせた。湧き出る富がある限り、力はいくらでも買えた。古き部族は蛮族とも凶人とも呼ばれることがあったが、豊かさの下に均衡は守られていた。そしてなにより国の外からの攻める手は、その山自体の過酷さが城壁となった。

閉ざされた王国でありながら、王も妃も心優しく、民は厳しい寒さの中でも、あたためあえる寛大さをもち得ていた。しかしそれらはすべて、富という富が、足下から湧いていたから出来たことだった。

永久の繁栄など、この世にはない。しかし誰もが、明日死ぬと思って生きられないように、富もいつかは涸れるとして、国の誰もがそれを『いつか』であると思っていた。

その日が、その年その時節に、山脈に訪れたのは、天の采配であったのか。地の末路であったのか。

雪の一際厳しい夜に、王城では子供が生まれた。

仲睦まじい国王夫婦の、待望の世継ぎだった。黒い髪をした王子だった。すべての民に祝福されるはずの命だった。けれど、そうはならなかった。

時をほぼ同じく、採掘場からほとんど鉱物が採れなくなったという報せが、国の王にまず届いた。王はそれを信じなかった。新しく掘り起こせば、次の鉱脈が見つかると思っていた。採掘は人の手により行われるそれであったから、ふつりと鉱物が消えたことを、働く者達にはすぐに知れた。隠しておけることではなかったのだ。鉱物が採れる他に、凍土と雪しかない土地であった。作物は育たず、古き部族はみな、獣の革をまとって暮らしていた。富がなければ穀物も買えず、人は飢え、心は荒れた。国の王は、それに有用な手をとれなかった。刃を持ち、獣を狩る、古い生活に戻ることが出来ず、国の民はただ、残り少ない富を求めて争いあった。そして憎しみを募らせた。

国の城は宝の城と呼ばれていた。そこで暮らす国王と王妃が、最後の鉱物をひとりじめしているのだという噂が流れた。そこには人が、人を恨むことでしか、晴らすことの出来ない澱みがあった。

飢えた民は王を恨み、王妃を憎んだ。同じ種、同じ出自でありながら、その憎悪のためならば、どこまでも我を忘れて残酷になれた。暴動が起き、国の王とその妃は、自らの民の手によって火にかけられた。逃げることも、抗うことも出来なかった。もちろん、富がかえってくるわけでもなかった。人々の憎しみは終わらず、彼の王子こそ、鉱物の消えた呪いの根源ではないかと考え始めた。ただ、不幸な時節が重なっただけであったが、そう思わねば、生きてはいけなかった。王子をどのように供物にすれば、鉱物は戻るのか。それを知るために、山の人々は真冬のさなかに、魔女を訪ねた。

山脈の谷に棲まう、その魔女は、盟約の魔女と呼ばれていた。冬の一番厳しい時期にしか足を踏み入れることが出来ない谷に棲む、魔の叡智をもつ魔女のもとをおとずれ、国の民は尋ねた。

「王子を殺せば、鉱物はまた湧くのか」

魔女は否と答えた。「宝はかえらないよ」それどころか、王子を殺せば、無残に死んだ王と王妃の無念から、死の病が噴出するだろうと国の民に言った。人々は、王子を殺すことが出来なくなった。人々は、絶望だけを抱えながら、重い足どりで国に帰った。

　王をなくし、王妃をなくし、国は崩落した。

　人と触れあうことのない滅びの国の王子は、宝城のあとかた、その狭く高い塔に閉じ込められ、城下を見ることさえ叶わなかった。いつともしれない処刑の日を待ちながら、小さな窓から見えるのは、白い白い絶望であり、一年のうちにほんの少し、短い間に花開く、春の美しい情景であった。

　その地では、絶望は白い色をしている。

　春の美しさは束の間である。その一瞬を永遠とするために、王子は壁に絵を描いた。牢獄（ろうごく）の中、絵の具はなく、筆もなかった。自分の指を噛みちぎり、その血でもって、土の子は春を描こうとしたのだった。地獄のような光景だった。まごうことなき、呪いの所業であった。


　それでも美しい春だった。

　宝城の外では、人々が常に争いあっていた。富と希望を失った、国の民は、互いが互いを喰らいあうように争い、急速に衰えていった。古き民はもう彼らのもとにはつかなかった。刃を取り、山脈での覇権をとろうとした。山は、長い戦争の時代へと突入しつつあった。

城あとに幽閉した王子のことを、覚えている者が誰もいなくなる頃、王子には迎えがあらわれた。それは父親でもなければ、母親でもなかった。王子は、誰からも愛されたことのない人の子だった。壁にあらわれる地獄だけを、生きるよすがとした命だった。

その彼を迎えにきたのは人ではなかった。

大きな黒い影は、尖(とが)った角、三対六本の腕、石榴(ざくろ)のように割れた口で、遠く南の、夜の森から来たと告げた。

醜い姿の、魔物だった。

しかし王子は、人と魔物、どちらが醜いのかもう判別のしようがなかった。生まれてからずっと、人の醜さしか知らない王子だった。

魔物は王を探していると、人の子の王子に言った。

遠く魔物の故郷である、夜の森では数百年に一度、王の代替わりが行われる。次なる王を探しているのだと。

そうして囚(とら)われの王子に告げた。

生きたいか、と。

人の身を捨て、限りある生を捨て、魔物の王として生きる覚悟があるかと王子に問うた。

囚われの王子はその問いに、是と応えた。人を捨て、国を捨て、心を捨てて魔に落ちても。

生きたい、と王子は言った。

喜びも知らない。誰からも愛されたことなどない。

それでも、美しい絵が、描けるのならば。

宝の城も、朽ちるがままにあとかたとなり、その城跡には、すべてを覆い隠すように、白い白い雪が降ることだろう。

追う者はもはやなく、王子が消えたことにも、気づいた者はいなかった。その年の冬は特に厳しく、国の民はひとりたりとも、貧しさの中で越えることが出来なかったのだった。


国を捨て、人の身を捨てた宝の国の王子を、見送ったのは魔女だけだった。


主の消えた牢獄に、盟約の魔女が降り立つ。

彼女は決して、谷を出ることがないと言われていた。しかし、その理由を知る者はいなかった。人より長くを生きる彼女は、自らの影に悪魔を封じているのだった。約定により力を果たす、彼女のつま先とかかとに棲まう悪魔を、盟約の悪魔という。それを自分の影にとどめておくために、魔女は決して、白い雪以外を踏むことはない。

それでも悪魔踏みの魔女は、たった一度でも、王子の絵を見てみたかった。血で描かれたそれ。遠い異国の魔物さえも魅了した、美しさを。

幾年ぶりの、居とする洞窟以外の硬い地面であった。白い世界の明るさが、小さな窓から差し込み、盟約の悪魔が浮かび上がった。

その声は、歓喜に震えている。

──なんと、美しく。

──なんと禍々(まがまが)しい。

──これは、呪いであるぞ。

盟約の悪魔が囁くだろう。この絵には、滅びの呪いがかかっている。この壁より落ち、山に根付き、そして、死の風として山に吹くことだろう、と。

もう、彼を閉じ込めた、父も母も串刺しにした、国の民などひとりも残っていないというのに。山脈に暮らす者は呪いを受けるだろう。あの、二刀を振るう雪の蟷螂も。永遠生を望んだ信仰の民も。

白い雪とともに、吹く風に、呪いの病からは逃げられない。

人の愚かさは流転する。山脈には、絶望の風が吹くとしても。

「でも、それもまた永遠ではないよ」

魔女は言う。血で描かれた、呪いの絵をたどりながら。

「滅びさえも、永遠ではないよ。この地では、永遠を刻むのは愛と恋ばかりなのだから。あの王子だって、もしかしたら」

もしかしたら、遠い異国の地で。

もしかしたら、深く、暗い夜の森で。

永遠の愛を、見つけるのかもしれないよ――。

悪魔は笑う。悪魔踏みの魔女は目を閉じる。これから朽ちて呪いとなる絵が、どれほどの美しさであったか。どれほどの呪いであったのか。心に焼き付けるように。

宝の城には今も、これからも、ただ冷たく白い、雪が降る。

山脈の民は争い、憎しみあい、その先に、永遠にも似た恋を知る。

盟約の悪魔踏みである魔女は、もう二度と、この地を訪ねることはないだろうが。

そのあとかたに、夜の森の魔物の王が、ひとつの赤い花を植えに来るのは、もっと、ずっと、あとの話だ。

二度とこの地に、魔が来ないようにと。

永遠というものがあるならば。奇跡というものがあるならば。それにそっと手を添えながら。

宝の城のあとかたには、この冬も、白い、白い雪が降る。

END

あとがき　——新しい旅立ちのために——

こんな光景を見るとは思いませんでした。

15周年企画として、『ミミズクと夜の王』からはじまる人喰い三部作と、『毒吐姫と星の石』、短編集『15秒のターン』を刊行していただきましたが、最後の最後となる、この『雪蟷螂』の作業を終えた時、そこに広がった世界に、一番驚きました。

完全版とつけられてはいますが、電撃文庫版が不完全だったわけではもちろんありません。再刊行にあたり、ミミズクと夜の王が一番直さなかったし、MAMAが一番、細やかなところまで手をいれたと思います。それとは別に、一番行き詰まったのがこの『雪蟷螂』でした。歯をくいしばり、迷いながら、勇気をもって、肉を切らせ骨を断ち、一番変わったのもまた、本作なのではないでしょうか。表現や、構成ではなく、本質の部分の話です。

どちらが良いとか、正しいとかではなく、これが、年月そのものなんだろうと今は思います。

電撃文庫版には、岩城拓郎さんの胸を打つ繊細なイラストがふんだんにありました。今回その助けがないことは、とても不安で心細かったです。けれど、私もまた、あの時から、年月が経ち、書けるものがあるはずだと信じて。

そうして、私の15周年、完全版をすべて、その腕一本で彩ってくださった、ＭＯＮさん、本当にありがとうございました。素晴らしいお仕事でした。

これからのＭＯＮさんのご活躍が、祝福と、幻想に彩られることを祈っています。

15年、誰しもがたどりつける場所ではないし、こんなにもたくさんの拍手を受けられるのは特別なことなのでしょう。

その拍手に背を押されるまま、ゴールテープを切る今は、やりきったという達成感と、感謝の気持ちでいっぱいです。

ずっと、ここで倒れ込んで、安穏としていたいけれど。

私は行かなくちゃいけない、と思っています。

目を覚まし、そして立て。

私は雪の蟷螂でもないし、行く先が春ばかりとは限らないけれど。

新しい地平が、すぐ、そこまで、迫っています。

紅玉いづき

＜初出＞
本書は、2009年2月に電撃文庫より刊行された『雪蟷螂』を加筆修正したものです。「異伝 悪魔踏みの魔女」は書き下ろしです。

◇◇メディアワークス文庫

雪蟷螂(ゆきかまきり) 完全版(かんぜんばん)

紅玉(こうぎょく)いづき

2022年12月25日　初版発行

発行者　山下直久
発行　株式会社**KADOKAWA**
〒102-8177　東京都千代田区富士見2-13-3
0570-002-301（ナビダイヤル）
装丁者　渡辺宏一（有限会社ニイナナニイゴオ）
印刷　株式会社暁印刷
製本　株式会社暁印刷

ISBN978-4-04-914646-2 C0193

メディアワークス文庫　https://mwbunko.com/

本書に対するご意見、ご感想をお寄せください。

あて先
〒102-8177　東京都千代田区富士見2-13-3
メディアワークス文庫編集部
「紅玉いづき先生」係

◇◇◇

毒吐姫と星の石 完全版

紅玉いづき

伝説的傑作『ミミズクと夜の王』姉妹作完全版。
世界を呪った姫君の初恋物語。

忌まれた姫と異形の王子の、小さな恋のおとぎばなし。

「星よ落ちろ、光よ消えろ、命よ絶えろ!!」

全知の天に運命を委ねる占いの国ヴィオン。生まれながらにして毒と呪いの言葉を吐き、下町に生きる姫がいた。星と神の巡りにおいて少女エルザは城に呼び戻され隣国に嫁げと強いられる。

唯一の武器である声を奪われ、胸には星の石ひとつ。絶望とともに少女が送られたのは聖剣の国レッドアーク。迎えたのは、異形の四肢を持つ王子だった——。

書き下ろし番外編「初恋のおくりもの」で初めて明かされるある想い。

『ミミズクと夜の王』姉妹作。

メディアワークス文庫

MAMA 完全版

紅玉いづき

伝説的傑作『ミミズクと夜の王』に続く、【人喰い三部作】第二部。

　その夜、魔物が手に入れたのは、彼だけのママだった。

　海沿いの王国ガーダルシア。トトと呼ばれるその少女は、確かな魔力を持つ魔術師の血筋サルバドール家に生まれた。しかし、魔術の才に恵まれず、落ちこぼれと蔑まれていた。そんなある日、神殿の書庫の奥に迷い込んだ彼女は、数百年前に封印されたという〈人喰い〉の魔物と出会い——。

「ねぇ、ママって、なに？」

　これは、人喰いの魔物と、彼のママになろうとした少女の、切なくも愛おしい絆の物語。

　全編に亘り修正を加え、王国の末姫の回想を描いた掌編「黒い蝶々の姫君」を初収録。

メディアワークス文庫